Oscar classici

Robert Louis Stevenson

LO STRANO CASO DEL DOTTOR JEKYLL E DEL SIGNOR HYDE

IL TRAFUGATORE DI SALME

UN CAPITOLO SUI SOGNI

a cura di
Attilio Brilli

ARNOLDO MONDADORI
EDITORE

Titolo delle opere originali
The Strange Case of Dr. Jekyll and Mr. Hyde
The Body Snatcher
A Chapter on Dreams
I edizione Oscar classici maggio 1985
XI ristampa Oscar classici gennaio 1998

Il nostro indirizzo internet è:
http://www.mondadori.com/libri

Introduzione

La doppia vita

Il prudente s'arma d'una pistola
e chiude a chiave la porta,
scordandosi di ben altro spettro
che gli è più da presso.
EMILY DICKINSON

La parabola e il sogno

È un vezzo abbastanza diffuso fra quanti si sono occupati di questo romanzo appuntare lo sguardo su un dettaglio – un moto fugace, un personaggio, un oggetto – sfuggito per accidente a precedenti letture, come se ogni intervento avesse il compito di mettere a fuoco un qualche particolare annegato nella dissolvenza generale del sogno. Ecco così prender forma le oniriche quinte di una bifronte Edimburgo, la compassata "new town" e la "old town" avvolta di brume, sulle quali si pose l'occhio indagatore di G.K. Chesterton per nulla sviato dalla toponomastica londinese;[1] ecco la fatidica porta dietro la quale scompare Hyde sulla quale ha favoleggiato J.L. Borges sino a farne il più importante residuo significativo del suo sogno di lettore; ed ecco infine, oltre la porta, quel simbolo inquietante di esplorazioni intestine che è il teatro anatomico su cui ha richiamato l'attenzione V. Nabokov. Un analogo destino ha finito per coinvolgere gli stessi personaggi, se la diade Jekyll-Hyde sembra recedere, nelle glosse di Fruttero e Lucentini,[2] in posizione marginale rispetto alla centralità del ruvido Utterson, colui che accumula, senza conoscerli, i segreti della storia. Sarebbe facile attribuire questa graduale emergenza di segni alla natura onirica della

[1] Per i riferimenti ad autori e testi si rinvia alla bibliografia generale e, in alcuni casi, all'apparato delle note.
[2] Cfr. la traduzione di Fruttero e Lucentini del *Dr. Jekyll* per la casa editrice Einaudi (Torino, 1983).

scrittura, lucida ma non per questo meno elusiva, capace di isolare il pomello d'ottone d'una porta e di sfocare un intero quartiere nella nebbia color cioccolato; o magari di affidare ai morti e agli specchi l'inaudita trasformazione di cui il testo non offre una registrazione diretta.

In questo giuoco di scavi resta insondato un elemento di primaria importanza, saturo di occulti poteri per lunga tradizione narrativa, eppure labile nella memoria, un elemento la cui muta presenza pungola e frustra ad un tempo l'ansia di sapere del lettore. Anche il percorso che porta a questo elemento ne prefigura, per così dire, la natura di minaccioso simulacro. In questo romanzo di "doppi" – la dimora borghese e la tana del reprobo, il salotto conformistico e lo studio alchemico – al teatro anatomico corrisponde uno specchio mobile a grandezza d'uomo a cui, per colmo d'ironia, compete il nome di "psiche". Lo specchio traspone enigmaticamente sul piano dello sguardo le reticenze, le negazioni e gli schermi che ostacolano e complicano la narrazione. Lo specchio, dunque, – colui che ha visto ma che non può riferire – è il simbolo centrale del romanzo, il nodo di tutte le reticenze e di tutte le curiosità inappagate. Se il teatro anatomico invischia il lettore in un moto simultaneo di attrazione e di repulsione nel ricordo delle pratiche immonde a cui un tempo fu adibito, lo specchio trasmette la sottile minaccia di altre più sofisticate sfide all'integrità della persona umana pur nella sua incapacità a conservare le immagini. Esso, « nel cui abisso gettarono uno sguardo pieno d'orrore », diventa il correlativo oggettivo della volontà di sapere di Utterson e di Poole. In questo oscillare fra curiosità ed elusione, riservatezza ed indagine, volontà e differimento del sapere, si consuma quella parte del romanzo che maggiormente sembra flirtare con un'abiezione tanto più affascinante quanto più resta segreta. Perché innanzi tutto questo è un testo fondato su un giuoco di rimandi e di schermi.

Non a caso il narratore decanta la storia di Jekyll e di Hyde attraverso il racconto di due personaggi, l'avvocato Utterson e il suo amico Enfield, la cui reticenza è contraddetta dai comportamenti. Infatti il resoconto di Enfield, l'unico ad aver scorto in faccia il misterioso personaggio che risponde al nome di Hyde, è puntellato da una sequela di negazioni: *non* sa descriverlo, *non* ci si raccapezza, segue la regola d'oro del *silenzio*...

eppure ha acciuffato il "mostro", ha indagato a dovere l'esterno dell'edificio in cui è sgattaiolato il signor Hyde... finché questa sua raccolta di indizi si conclude con l'elogio della discrezione e la stretta di mano che sancisce il patto di non parlarne più. Il che, come accade in tutti i giuochi, equivale al contrario nell'ottica del lettore, il cui punto di vista coincide d'ora innanzi con quello di Utterson, depositario di losche faccende in cui vorrebbe veder chiaro. E poiché il desiderio di sapere è più forte della rimozione puritana di questo cultore di "arida teologia", Utterson è ben felice di spostare l'indagine su Henry Jekyll. Il testamento olografo con cui quest'ultimo ha intestato i suoi averi al misterioso signor Hyde costituisce la prima operazione di accreditamento del reale – il documento inoppugnabile – e con essa il primo puntello ad una storia incomprensibile di preannunciate scomparse e di inattese apparizioni. E di qui prende un nuovo avvio la storia che oscilla fra curiosità e reticenza, scoperte inquietanti e immediate negazioni. Quando Utterson, dopo aver scorto in faccia Hyde (« *non* mi sembra *nemmeno* un essere umano »), chiede a Jekyll spiegazioni del suo testamento in favore di quell'"essere primordiale", si vede opporre il silenzio: « *Non* voglio sentire altro. Eravamo d'accordo, se non sbaglio, di *non* toccare più questo tasto ». E dopo il clamoroso assassinio di un parlamentare per mano di Hyde, Jekyll assicura Utterson che « *non* si sentirà più parlare di lui ». Non miglior fortuna incontra Utterson nel corso di un drammatico confronto con Lanyon, sui cui occhi si è specularmente riflessa l'orrida metamorfosi: « *Non* voglio vedere Jekyll, *né* sentirne più parlare ». Una negazione fin troppo eloquente, ormai, del legame che intercorre fra Jekyll e Hyde, e d'una colpa che diventa tanto più innominabile quanto più resta avvolta nel mistero.

Quando alla fine il mostro così a lungo negato prenderà forma attraverso la deposizione postuma di Lanyon e la relazione del suo creatore, il romanzo ricorrerà di nuovo a quegli accreditamenti del reale costituiti dai documenti inoppugnabili conservati da Utterson. È un fatto singolare che un romanzo così intenso ed asciutto si componga di un vero e proprio *dossier* di scritture notarili: un testamento, uno stralcio di cronaca nera, una testimonianza a futura memoria, una relazione redatta in punto di morte. L'Inghilterra vittoriana vi è ironicamente presente con tutti i suoi codici di scrittura legale. Questi filtri che s'interpongono fra il lettore della "finzione" – vale a dire la storia mediata da Utterson e da Enfield – e il lettore del cosiddetto "reale" – cioè colui che legge le ultime parole di Jekyll – estraggono per così dire il personaggio dalla finzione e gli conferiscono un'artificiosa attendibilità. Ma anche quando sono caduti tutti gli schermi, al mostro umano viene negata la possibilità di spiegare le sue ragioni, la sua comparsa nel mondo, i suoi delitti, prima di distruggersi insieme al suo creatore.

L'effetto o accreditamento del reale assolve a una duplice funzione: da un lato esso stuzzica il lettore illuso ed eluso dalla reticenza dei narratori mascherati da personaggi; dall'altro rifonda ancor più saldamente la negazione del mostro nel momento stesso in cui ne testimonia l'esistenza. Il che equivale, da parte di Stevenson, a confessare il proprio imbarazzo a seguire il flusso del sogno senza imporgli le briglie della ragione e della morale, senza volgerlo nei termini di una moderna parabola sui pericoli che insidiano lo statuto unitario del soggetto. La scissione isterica della personalità che Jekyll ha provocato viene non a caso narrata nella forma apparente di una relazione scientifica, ma, nella sostanza, nella tradizionale confessione pubblica a cui aveva diritto il criminale prima di ascendere al patibolo.

Alchimie del "doppio"

Proprio attraverso il giuoco ingannevole e sfuggente di filtri narrativi e di specchi, Stevenson dimostra la seduzione di un'ipotesi narrativa che gli è ambiguamente familiare. Un'ipotesi perturbante che affonda le proprie radici nel folklore edimburghese e in quella ferrea rimozione calvinistica di cui il leggendario Deacon Brodie è un vero e proprio prototipo. Portato sulle scene anni prima in collaborazione con lo Henley, così viene esemplarmente descritto questo personaggio dalla doppia vita dallo stesso Stevenson: « Ai suoi tempi il Deacon era considerato un grand'uomo; ben accetto nella buona società, era un ebanista provetto; uno capace di intonare con gusto una canzone. Molti notabili erano orgogliosi di invitare a cena il Deacon e se ne separavano a malincuore ad ora tarda, e sarebbero rimasti allibiti se avessero saputo quanto presto e sotto quali spoglie sarebbe ritornato il loro ospite. Eppure agli occhi della mente egli può apparire come un uomo tormentato da una immane doppiezza, capace di sgattaiolare dal salotto del magistrato per calarsi nei panni del ladro e andare a forzare le porte al guizzo di una lampada cieca ». Un impulso determinante ad approfondire la complessa tematica della "doppia coscienza", a sondarne la problematica allusa a più riprese dalla narrativa di James Hogg e dai racconti neogotici dell'irlandese Le Fanu, sperimentata infine nella decomposizione di un unico personaggio negli amici antagonisti del *Padiglione sulle dune*, viene a Stevenson dalla lettura della prima versione francese di *Delitto e castigo* di Dostoevskji. Il racconto intitolato *Markheim* – di un anno anteriore a *Jekyll e Hyde* – che del romanzo dostoevskjiano è un personalissimo condensato, rappresenta la rottura dell'integrità della persona, la scissione del bene dal male, e soprattutto la nascita di un rapporto dialogico dell'uomo con se stesso. Qui, come nelle migliori pagine sullo sdoppiamento della coscienza, Stevenson sperimenta il principio così caro al romanzo d'avventure e del mistero, e reso intensamente problematico dall'opera di Dostoevskji, secondo il quale tutto nell'uomo vive al confine del proprio contrario: la nobiltà d'animo prospera al confine con l'abiezione, l'amore ai limiti dell'odio, il bene a quelli del male. In questi termini si svolge la confessione di Markheim a se stesso nel tragico sdoppiamento sulla soglia fatale, una confessione straordinariamente affine all'"altra" confessione di Jekyll sul proprio caso: « Sia il bene che il male hanno forte presa su di me e posso essere attirato tanto verso l'uno quanto verso l'altro. Non amo una cosa sola, amo tutto. Posso concepire molte azioni grandiose, rinunce, martiri; e benché sia caduto tanto in basso da uccidere, la pietà non è estranea ai miei pensieri. Ho pietà con i poveri; chi conosce meglio di me i loro tormenti? Ne ho pietà e li soccorro; onoro l'amore, amo il riso onesto; non esiste in terra cosa buona e giusta che non ami dal profondo del cuore. Dovranno dunque essere sempre e soltanto i miei vizi a dirigere la mia vita e le mie virtù essere condannate a perpetua inefficacia e relegate nella coscienza impotente, come oggetti inutili nella soffitta? No, non può essere così; anche il bene può essere la molla dell'azione ».

La storia di Jekyll e di Hyde segna il culmine della fascinosa indagine stevensoniana sulla scissione della personalità, di quello scandalo che, come notava G.K. Chesterton, ci obbliga a riconoscere non tanto che sotto la pelle di un uomo ce ne sono due, quanto che due uomini sono la medesima persona. La storia dei rapporti fra Jekyll e Hyde, una vicenda torbida iniziata, come ci svela la confessione finale, molto prima dell'ingerimento della magica pozione, in anni di indulgenza segreta alla parte maledetta, diventa la storia di una parola fondamentalmente scissa, luogo di intersezione di volontà allocutorie diverse, di pulsioni innominabili e di ravvedimenti. Jekyll non è solo un esempio di ipocrisia, capace com'è di reprimere Hyde, colui che è "nascosto", pur fruendo suo tramite di ignobili (e indefinite) gratificazioni. Egli incarna il prototipo dello scienziato che si eleva faustianamente al di sopra degli altri sublimando nelle sue ricerche di "medicina trascendentale", nel gesto inosabile, la liberazione degli istinti repressi.

Può sorprendere il lettore contemporaneo – senza contare l'influenza spesso nefasta della filmografia dedicata a questo romanzo – la trovata guignolesca della fumigante pozione. Essa in realtà s'accorda all'irrealtà onirica delle gesta di Hyde e alla non meno irreale ambientazione. Ciò per altro ci riporta a quel curioso amalgama, che è il romanzo stevensoniano, di problematicità esistenziale e di seduzione dell'avventura, di allegoria morale e di travolgente primato del caso. Quel caso insondabile e mutevole della narrativa avventurosa e del mistero che volge in metafora alchemica e faustiana l'esperimento del dottor Jekyll di cui nessuna formula consente la ripetizione. L'esperimento e il mostro che ne nasce appartengono ad un mondo familiare di sogni proibiti il cui correlativo non può che essere la magia, l'arte che si tiene nascosta e che si sottrae alla conoscenza. La deformità di Hyde, indefinita ma non per questo meno rivoltante, è la deformità di un corpo quale viene prodotto da un Faust vittoriano vincolato dalla barriera delle convenzioni e della rispettabilità. Proprio per questo Jekyll è costretto a dissimulare il desiderio nella deformazione fisica di un "altro", a godere suo tramite, denunciando la miseria delle proprie aspirazioni nella metamorfosi repellente di Hyde che incarna la "mostruosità" stessa del desiderio. È come se nella "inspiegabile deformità" di questo gnomo gotico, riplasmato secondo le teorie evoluzionistiche, si fossero condensate le deformazioni della autocensura e perfino dello spregio di sé, e con essi la cifra grottesca di un traffico ignobile e clandestino: « Un tempo si usava prezzolare sicari per compiere delitti su commissione, mentre i mandanti mantenevano nell'ombra la loro persona e intatta la loro rispettabilità. Io sono stato il primo a ricorrere allo stesso sistema per soddisfare senza intermediari i miei piaceri ».

Barbari dentro

Nel leggere il romanzo dovremmo tenere ben presente questo inedito amalgama di narrazione d'avventura o del mistero e di allegoria morale che consente, assai più liberamente di quanto avvenga nel romanzo borghese o psicologico, l'estrinsecazione del destino nell'evanescenza istituzionale dei rapporti familiari, di amicizia e di classe. Il segreto di Jekyll può germinare e sussistere in un contesto di individui isolati. I personaggi che entrano nel racconto sono un monumento di solitudine, di incomunicabilità, di piccole o di grandi indulgenze a piaceri solitari. Essi non hanno mogli, consanguinei o amici la cui intimità possa risultare d'impaccio al volubile intreccio. I rapporti che intessono sono puramente formali, la comunicazione è di preferenza notarile. Fra la doppiezza di Jekyll e i suoi compassati testimoni si stabilisce un'implicita, anche se inconsapevole, connivenza che nemmeno l'enfasi della ripulsa di un Lanyon o l'angoscia di un Utterson riesce a cancellare del tutto.

Per inciso si può anzi notare l'abilità di Stevenson nel delineare in Utterson – ben più di quanto avvenga negli altri personaggi più o meno di corredo – non solo il "vittoriano" timorato e represso, bensì il latore di una certa liberalità borghese che ben distanzia l'isteria di Jekyll senza opporvisi platealmente. E per quanto paradossale possa essere, la nascita del "mostro" – un essere che per sottile e ambigua antifrasi "vagisce", "cresce" e "prende la mano" – avviene proprio in un contesto rigorosamente maschile in cui il paramento di ceto o di professione non intralcia le esigenze dell'intreccio e quindi non pone in discussione l'inverosimile. Lanyon può morire in pochi giorni solo per "aver visto", aver dovuto testimoniare la nascita di Hyde. C'è comunque un aspetto in questo romanzo che va al di là del primato dell'intreccio e della parabola morale. Questo aspetto è il nocciolo di tutta la storia, vale a dire l'incarnazione di Hyde – in quanto idea del male – in un personaggio dai connotati ben identificabili malgrado l'apparente e volutamente indefinita mostruosità.

Non c'è dubbio che il sostrato tipologico e fisiognomico a cui si ispira Stevenson è costituito dall'evoluzionismo di Darwin e in particolare dall'ominide dai tratti sciemmieschi: Hyde appare come un essere rattrappito, villoso, nocchiuto... è elastico eppure goffo nel camminare e nel calarsi nei panni dell'uomo civile... il suo linguaggio è – per testimonianza indiretta, come tutto di lui d'altra parte – ancora impedito nell'articolazione, incerto e farfugliante. Ma la sua crescita e la sua volontà di dominio sono prodigiose e inarrestabili. La sua evocazione da parte di Jekyll e il suo sfruttamento pongono la controparte dinnanzi alle questioni ultime, aprono una crisi insanabile che impedisce la ricomposizione di un animo scisso e lo proiettano verso la follia e il suicidio.

È stato richiamato Schopenaur come probabile fonte della volontà perseguita da Jekyll di isolare uno dei due soggetti della propria psiche, sino ad ottenere l'"emanazione" – donde l'effervescenza della droga – di un corpo completamente diverso, un corpo inteso come incarnazione del volere, "volontà diventata visibile".[3] A tale proposito potremmo citare i contributi che Stevenson invia alla *Society for Psychological Research* aventi per oggetto una sorta di autoanalisi che si esplica nel dialogo fra due componenti della sua mente, fra un "se stesso" e un "altro da sé", fra le voci dell'incubo e del delirio, irrazionali e amorali, e la coscienza che le rimuove o conferisce ad esse un fine morale. Non a caso il suo saggio *Un capitolo sui sogni*, che traccia la genesi di alcuni momenti del romanzo e che registra « il forte senso della doppiezza che si annida nell'uomo », viene accolto da F.W.H. Myers – psicologo e teosofo alla guida della *Psychological Society* – come un valido contributo di psicologia sperimentale. Ove si voglia spiegare Stevenson con Stevenson, l'esplorazione di tutte le sue opere riserva alcune sorprese. Si prenda ad esempio questa pagina giovanile tratta da *Un viaggio in canoa nei fiumi della Francia*[4] – uno zibaldone di pensieri,

[3] Cfr. le note di Fruttero e Lucentini alla loro edizione einaudiana.
[4] Si tratta dell'opera prima *An Inland Voyage* del 1878, nella traduzione di Paolo Ba', edizione numerata, Mondadori, Milano, 1983.

bozzetti e impressioni – ove si coglie il primo accenno, o comunque il primo interessamento alla meccanica attraverso la quale si manifesta una vera e propria scissione della mente dal corpo: « C'era una strana pratica metafisica che accompagnava ciò che chiamo la profondità, se non proprio l'intensità, della mia astrazione. Ciò che i filosofi chiamano l'*io* e il *non io*, l'*ego* e il *non ego*, mi preoccupava, che lo volessi o meno. C'era meno *io* e più *non io* di quanto ero abituato ad aspettarmi. Osservavo un qualcun altro, mentre stava remando; io ero consapevole dell'estremità di quel qualcun altro poggiate contro il puntapiedi; il mio corpo sembrava non avere più intima relazione con me di quanto ne avessero la canoa, il fiume o le rive. Né ciò era tutto: qualcosa dentro la mente, una parte del mio cervello, una zona del mio essere, si era liberata dalla leale sudditanza e aveva preteso di fare da sé, o forse di agire in favore di qualcun altro che continuava a remare. Mi ero rimpicciolito a minutissimo essere in un angolo di me stesso. Ero isolato nel mio stesso cranio. I pensieri si presentavano spontanei; ma non erano i miei pensieri, erano semplicemente i pensieri dell'altro, e li consideravo come parte del paesaggio ». Questa curiosa scissione della mente dal corpo, questo estatico sdoppiamento include inconsapevolmente il vero scandalo che incatena Jekyll e Hyde. Proseguendo, infatti, il brano dice: « Si può meglio raffigurare tale stato immaginandoci ubriachi fradici e allo stesso tempo sobri per goderne ». La mostruosità di Hyde consiste proprio nell'essere Jekyll, vale a dire la ragione, la mente, la rispettabilità intangibile che assapora piaceri proibiti estroflettendosi in un altro da sé, in una mostruosità primigenia in cui si condensa la latente barbarie. Il rapporto che lega Jekyll a Hyde – il paradosso di essere "due persone in una" – si specifica come sdoppiamento della propria esistenza non solo in termini di pubblico e di privato, bensì di mente e di corpo, esasperando la maschera razionale, virtuosa e pietistica di Jekyll in contrapposizione alla materialità bruta di Hyde. Ciò significa che Hyde è l'estroflessione di quella parte che Jekyll non vuole pubblicamente riconoscere in sé e che ha quindi nascosto per intrattenere con essa segreti commerci. Hyde è la corporeità, il desiderio, la trasgressione – condannati e degradati – che Jekyll occulta e proietta in un altro da sé per istituirsi come pura ragione e incontaminata virtù. Non senza però disseminare indizi, prima della confessione finale o della retrospettiva autoanalisi, del vero interesse che sottende il gesto con cui il dottore dissimula il proprio corpo, i desideri, gli istinti. Hyde infatti non serve soltanto a salvare la buona coscienza di Jekyll e ad assumere su di sé quanto contraddice con la maschera che questi si è imposto. Così facendo egli deve altresì garantire l'appagamento segreto degli istinti più bassi. Ciò spiega l'atteggiamento ad un tempo paterno e paternalistico di Jekyll nei confronti di Hyde, un atteggiamento fatto di premure e di apprensioni per l'essere generato, senza per questo rinunciare per un solo istante ad un'assoluta volontà di dominio e di supremazia. Un atteggiamento che punta simultaneamente a blandire la figura estroflessa della propria aggressività, e a provocarne a proprio piacere la dissolvenza.

Proprio in questo consiste la contraddizione esemplare di questo romanzo e la sua moderna trattazione della tematica del "doppio". L'illusione di Jekyll si basa sul presupposto che la scomparsa di Hyde coincida con la scomparsa di sadismo, di perversione e di violenza. Ove egli tenga sotto controllo il selvaggio e sappia obliterarne la memoria, non potrà che trionfare l'uomo civile; nessuna ombra potrà mai offuscare l'immagine di Jekyll, la sua ragione, la sua pietà, la sua scienza. Ma proprio in quanto essere creato, Hyde non solo s'arroga il diritto all'esistenza, bensì ripaga il suo creatore con la medesima violenza che questi ha scaricato in lui. La lotta della supremazia fra Jekyll e Hyde, fra le due componenti di una stessa persona, si traduce sintomaticamente nella sfibrante emergenza della ragione sopraffatta dai sensi. Il minimo abbandono, l'involontario torpore sono sufficienti ad allentare la vigilanza della mente, finché la spossata ragione, per difendersi dal ritorno prepotente del corpo, è costretta ad ucciderlo e ad uccidersi con esso. In questo senso il romanzo stevensoniano può essere letto anche come un'ironica versione del mito di Faust. Ironica nella misura in cui lo stesso desiderio d'onnipotenza, di totalizzante sapere della mente e dei sensi, è semplicemente improponibile per l'uomo moderno e per la concezione che di questi si è creato come entità separate e distinte. In questa prospettiva l'estensore della storia, il legale Utterson, non solo si contrappone, con il proprio buon senso e la propria prudenza, al faustismo di Jekyll, bensì assolve ad una funzione più sottile e più delicata che è quella di mediare, di istituire un punto di riferimento costante dinnanzi all'esasperata contrapposizione di Jekyll e di Hyde. È possibile per l'uomo moderno mediare fra mente e corpo, ragione e sensi? Se lo è, lo è nei termini un po' ipocriti e un po' perversi di Utterson che comunque di antico e di civile conserva il raro dono della liberalità e della tolleranza.

Questo Jekyll e questo Hyde

La presente edizione del romanzo stevensoniano riproduce la versione italiana già approntata per il volume *Romanzi, racconti e saggi* edito nella collana dei "Meridiani" Mondadori. Si tratta di una traduzione che ha inteso ricreare in italiano la complessità e la raffinatezza linguistica e stilistica di Stevenson, rinunciando in partenza a proporsi come traduzione di "servizio". Parlarne significa d'altra parte riflettere, seppure in maniera fugace, sul tipo di piacere che ingenera la lettura di Stevenson. Da un lato l'adozione di modelli narrativi legati alla tradizione del romanzo d'avventure o del mistero, o se si preferisce alla moderna incarnazione del *romance*, conferisce alla narrativa stevensoniana la capacità di produrre un piacere assai tipico che è quello di correre avanti, di cavalcare il testo, di scoprire "come va a finire", di sciogliere la *suspense*. È questo il tipo di lettura che gratifica i ragazzi e gli appassionati di "gialli". Questo genere di piacere non esclude tuttavia, e in questo consiste uno degli aspetti salienti della narrativa di Stevenson, la scelta di altri parametri che viceversa rallentano la lettura, la condizionano e la complicano. Questo straordinario creatore di atmosfere misteriose che avrebbero incantato Conan Doyle, Chesterton e Borges, ebbe a notare di aver sempre rifiutato il romanzo poliziesco o del mistero in quanto generi « seducenti, ma privi di significato, simili al giuoco degli scacchi ma non al prodotto dell'arte umana ». In ciò esplicitava l'esigenza di arricchire il proprio testo di componenti ambigue, ironiche, problematiche. La stessa storia di Jekyll e di Hyde, scritta in prima istanza come un caso di mirabolanti trasformazioni, accoglie in seconda stesura una problematica etica e psicologica connessa alla frantumazione dello statuto tradizionalmente unitario del soggetto. Ma c'è una più sottile decelerazione che agisce nella scrittura stevensoniana. La lettura di un testo critico di Stevenson, dedicato agli *Elementi tecnici dello stile letterario*,[5] permette oggi di interpretare in maniera meno apodittica questo altro versante della scrittura tradizionalmente accusata di estetismo. L'evidenziazione delle strutture stilistiche in testi di Shakespeare, di Coleridge e di Macauly, messa in atto da Stevenson, secondo una sagacia degna della scuola formalistica, non solo è riversibile sulla pagina stevensoniana, ma indica l'altro polo verso cui essa converge. Un genere di lettura che richiede un cammino graduato, ben diverso dalla lettura precipite del romanzo poliziesco o di quello d'avventure, e con esso la capacità di isolare zone, parole, gruppi sintattici, interrelazioni foniche, parole abitate, citazioni dissimulate. Un grado di lettura rallentato, disposto a farsi catturare nell'intrico di echi e di assonanze.

L'apparato di note che correda questa edizione vuole evidenziare questi ed altri aspetti della scrittura stevensoniana e con essa la sua capacità, per molti aspetti inedita nello stesso panorama anglosassone, di coniugare la tradizione del "romanzesco" – quella categoria proteiforme che abbiamo di volta in volta definito come romanzo d'avventure, di investigazione o del mistero – con il rigore stilistico di un Flaubert, di un James e di un Meredith che per Stevenson costituirono altrettanti punti di riferimento: compreso Shakespeare, di cui echeggiano a più riprese le cupe battute del *Macbeth*.

La storia di Jekyll e di Hyde ha assunto sin dalla sua comparsa un valore talmente emblematico, diremmo quasi proverbiale, da avere sempre escluso la possibilità di lasciarsi interpretare attraverso raffronti con altre opere e altri scritti dell'autore. È sembrato quindi opportuno infrangere questa rigorosa autoreferenzialità del testo avvicinandolo a due altre opere nelle quali è possibile scorgere la genesi di vari aspetti narrativi e di non poche immagini, ricorrenti e allusive, della storia. Si tratta di *Un capitolo sui sogni*, un saggio mai tradotto in italiano, e del lugubre racconto *Il trafugatore di salme*, quasi sconosciuto da noi, con quell'enigmatico dottor K. che per tanti aspetti può essere considerato l'antenato di Jekyll. La loro lettura permetterà di entrare nel laboratorio dello stregone per capire e, naturalmente, per farsi ancor più affascinare.

Attilio Brilli

[5] Lo si veda nell'edizione mondadoriana *Racconti, romanzi e saggi.*

Cronologia

Vita romanzesca di un romanziere

1850

Robert Louis Stevenson nasce a Edimburgo il 13 novembre in un quartiere residenziale di stile georgiano, abitato da un prospero ceto di professionisti al quale si deve l'espansione della New Town. Questa era sorta alla fine del Settecento, a nord della città vecchia, contribuendo a quella varietà di stili e di atmosfere che caratterizza la città. Mentre infatti la New Town è improntata a moduli di razionalità urbanistica e di decoro, la Old Town rappresenta, pur nella fatiscenza, il richiamo della storia e del pittoresco. In uno scritto del 1878, Louis così descrive Edimburgo e i suoi dintorni: « Ci sono le colline di Fife, quelle di Peebles, di Lamermoors e di Ochils, dai profili più o meno accidentati, più o meno cilestrini nella distanza. Dei Pentland stessi si vedono i picchi selvaggi e i campi d'erica con qualche laghetto che scintilla nella foschia. Da questa parte si ha una vista desolata, come se lo sguardo vagasse verso Galloway o Applecross. Volgendosi dall'altra parte è come iniziare un viaggio: in lontananza verso la piana appare Edimburgo fumigante nei giorni di terso splendore, con le periferiche che si diffondono per miglia. Nella bruma s'erge il fosco castello e la dimora di Artù assume un aspetto maestoso nel paesaggio. Tutto intorno i campi coltivati, i boschi, i villaggi con i loro pennacchi di fumo, le vie bianche della campagna screziano la distesa del territorio. I treni arrancano lenti, i battelli scivolano sul Fife; l'ombra di una nube che, immensa, viene dai monti è sospinta dai venti, quei venti che scompigliano l'erba e il grano maturo, mentre l'intera pianura trascolora al suo passaggio ». Il padre di Louis, Thomas, ingegnere civile e progettista di fari costieri, è un tipico rappresentante dei professionisti che abitano la New

Town, una classe, come è stato notato, « impregnata di ascesi capitalistica e decoro borghese vittoriano ». Uomo di ingegno, Thomas si era dedicato alla progettazione di porti e soprattutto di fari per i quali aveva inventato nuove soluzioni ottiche che, pure, non si curò mai di brevettare. Devoto e rigoroso presbiteriano (il presbiteranesimo è la religione nazionale scozzese dal 1690), così appare nei ricordi del figlio: « In certo senso era un uomo all'antica; un miscuglio di rigore e di dolcezza tipicamente scozzese e comunque straordinario; un carattere propenso alla malinconia eppure (come in genere accade in questi casi), dotato di geniale umorismo in compagnia degli altri; perspicace e fanciullesco; capace di attaccamento passionale e altrettanto passionale nei pregiudizi. Votato a decisioni irrevocabili e ad errori commessi quasi sempre per il suo temperamento, fu privo di un reale punto d'appoggio negli affanni della vita ». La madre, Margaret Isabella Balfour, aveva un carattere dolce e un'indole tollerante. Figlia di un ministro del culto e nipote di un professore di filosofia morale all'Università di Edimburgo, seguirà la carriera e le peregrinazioni del figlio con discrezione, ma anche con profondo attaccamento. Ad un anno dalla nascita dell'unico figlio, comincia a tenere un diario nel quale annoterà fino alla morte gli episodi salienti della vita di Louis. E varrà ricordare fin d'ora che la donna, rimasta vedova, non esiterà, ormai sessantenne, a seguire il figlio nei suoi vagabondaggi negli Stati Uniti e nei Mari del Sud.

1851-1862

La salute cagionevole si manifesta sin dalla primissima infanzia con stati febbrili e tosse indomabile. L'infanzia e gran parte dell'adolescenza di Louis trascorrono senza veri e propri contatti con il mondo esterno. L'esperienza della scuola pubblica è breve e traumatica. Gli studi proseguono in casa con un tutore. Nell'ambiente di famiglia acquista netto rilievo la governante Alison Cunningham, detta Cummie, alle cui cure è affidato il bambino. Da costei Louis è immerso in un mondo fantasioso e in pari tempo ispirato a rigidi principi morali. In Cummie immaginazione e popolaresca enfasi dell'eloquio vanno unite alla bigotteria e al fanatismo tipico dei « *Covenanters* », l'ala calvinistica rimasta esclusa dalla chiesa nazionale presbiteriana. La figura della governante, il suo affetto profondo, le letture e il suo modo di drammatizzare episodi della *Bibbia* e del *Pilgrim's Progress* di Bunyan ci sono stati trasmessi dai vivi ricordi di Stevenson, il quale annota tra l'altro: « La cronaca della mia malattia è narrata dalle terribili lunghe notti durante le quali giacevo sveglio, afflitto da una tosse lancinante, senza tregua, mentre invocavo dal fondo del mio corpicino squassato l'avvento del sonno o del mattino... Quando torno col pensiero a quelle notti, ricordo con gratitudine l'affetto instancabile che mi dimostrava la mia buona governante, e con esso la capacità di soffrire con me. Ricordo quando mi prendeva in collo e mi portava al davanzale della finestra per farmi vedere qualche altra finestra illuminata oltre i giardini, mentre ci dicevamo l'un l'altra che doveva esserci qualche altro bambino malato con la sua nutrice in attesa, come noi, del mattino. Altre scene notturne, connesse con la mia malattia, mi ricordano gli accessi di delirio che mi svegliavano improvvisamente dal torpore febbricitante gettandomi in un terrore tale, quale non ho mai più provato in tutta la vita. Allora mio padre saliva in camera e si sedeva sulla sponda del letto fingendo di conversare con la guardia, il cocchiere o il taverniere. Dopo questi attacchi doveva passare molto tempo prima che me la sentissi di restare solo ».

1863-1869
Soggiorna per un breve periodo in Francia e compie un viaggio in Italia con la madre. Trascorre le estati di questi anni nella casa parrocchiale del nonno, a Colinton, nella campagna di Edimburgo, alle pendici dei Pentland. Ha modo di frequentare altri giovani, fra cui i cugini, impara a cavalcare e a familiarizzare con la cultura folklorica scozzese. Riferendosi ai soggiorni estivi di Colinton, scriverà più tardi di avere vissuto colà « la mia età dell'oro ». La stessa dimora parrocchiale resterà viva nella memoria dello scrittore, come testimonia il seguente passo tratto da *Memoirs and Portraits*: « Era allora un luogo unico al mondo: il giardino suddiviso in settori da grandi siepi di faggina, sormontato dalla chiesa e dal terrapieno del camposanto cosparso di tombe, dove di notte potevamo scorgere, almeno noi bambini, i fuochi fatui che danzavano; i vasi da fiori che si beavano del calore del sole; i lauri e l'immenso tasso che gettavano un'ombra orrida e affascinante; l'afrore dell'acqua che emanava ovunque frammisto all'odore inconfondibile delle car-

tiere, e ovunque il gorgoglio dell'acqua e quello dei mulini, la musica degli argini che si alternava a quella della ruota; gli uccelli nei cespugli e in ogni angolo del bosco sovrastante che emettevano i loro canti fino a fare vibrare l'aria, e in mezzo a tutto questo la casa parrocchiale ». Ben più tetri gli inverni edimburghesi di questi anni che vedono l'adolescente solitario crearsi un proprio mondo immaginario e coltivare la propensione, dovuta alla malattia e alla vita appartata, al fantasticare e al narrarsi ad alta voce interminabili storie. Si sa per certo del fascino suscitato in lui dalle letture materne del *Macbeth* di Shakespeare. Nella biblioteca paterna fa poi due scoperte che lo influenzeranno per tutta la vita: il romanziere, e genio tutelare del luogo, Walter Scott e, nel 1863, i libri di Dumas. Altra lettura importante è quella degli storiografi scozzesi della tradizione « covenant » che influiranno sulla sua futura creazione di eroi manichei e sulla stessa retorica narrativa. Assai precoce è anche l'ammirazione che provò per *The Book of Snobs* di W.M. Thackeray senza dubbio in linea, e lo diciamo a posteriori, con il *dandysmo* di molti suoi personaggi e il senso dell'umorismo dei primi racconti. Le letture appassionate e i primi tentativi letterari non incontrarono, come si crede in genere, la riprovazione paterna. Thomas riteneva infatti tale esercizio letterario una parte integrante della cultura di un giovane borghese e giungerà perfino a stampare a sue spese un racconto del figlio adolescente. D'altra parte è radicata in lui la convinzione che sarà la provvidenza a guidare il figlio verso la professione degli avi. Con l'assai tenue vocazione di progettare fari per il « Board of Northern Lights », Louis si iscrive all'università edimburghese e a più riprese accompagna il padre lungo la costa ad ispezionare i fari e a studiare i luoghi più adatti per istallare nuovi impianti. Si sviluppa in lui quel senso topografico del narrare che, sebbene tipico di pagine memorialistiche, diventa talora una componente essenziale in alcuni romanzi e racconti come in *The Pavilion on the Links* (Il padiglione sulle dune) e *Kidnapped* (Il fanciullo rapito) con le loro straordinarie descrizioni delle coste scozzesi. Per uno scrittore come Stevenson, che aveva il dono di immedesimarsi nello spirito del luogo, le escursioni costiere forniscono una conoscenza inconfondibile del paesaggio, del flusso delle maree, della distesa metamorfica delle dune sabbiose, degli speroni di roccia e uno stimolo eccezionale dell'immaginazione.

1870-1873

Fa le prime amicizie, alcune delle quali durature, come quella con Charles Baxter, suo futuro legale. Frattanto il novero delle sue letture si è venuto ampliando, fino a comprendere autori classici e innovatori, antichi e moderni, da Orazio a George Eliot, da Bunyan a Walt Whitman, da Defoe a Thoreau. Ha una vera predilezione per i saggi di Montaigne ed un vivo interesse per la cultura positivistica, da Darwin a Herbert Spencer. Infatti ironici accenni a Darwin, così come a Malthus, si troveranno nel *Club dei Suicidi.* Nel 1869 aveva cominciato a frequentare la « Speculative Society », un'associazione culturale molto avanzata per la borghesia scozzese, e non priva di fermenti di rivolta e di tendenze iconoclaste verso il conformismo e la facciata puritana di quella società. Louis trova in questo ambiente una valvola di sfogo alle proprie confuse aspirazioni. Per qualche tempo si professa socialista, anche se la sua dimensione intellettuale sarà piuttosto quella di un moralista e non quella di uno scrittore impegnato. Ma proprio a questa dimensione morale va ricondotta la rivolta del giovane contro la rispettabilità compiaciuta della borghesia presbiteriana. Una rivolta che si traduce in atteggiamenti esteriori, *bohemiens*, nella frequentazione dei quartieri più miserabili di Edimburgo alla ricerca della compagnia di ladri e prostitute, di marinai e di avventurieri, « una cerchia che mutava di continuo ad opera della polizia »; una rivolta che lo porta ad opporre un insegnamento ed una pratica genuinamente evangelici alla teologia cristiana tradizionale. La vita « scapigliata » che conduce con Baxter, il cugino Bob Stevenson e con altri, fa precipitare il latente contrasto con il padre che Louis affronta in due diverse occasioni. Nel 1871 gli dichiara formalmente di volere abbandonare gli studi di ingegneria. Per quanto agli occhi di Thomas la decisione dovesse apparire un tradimento della « predestinazione » e il crollo di un sogno coltivato sin dalla nascita dell'unico figlio, la sua reazione fu contenuta. Non dimentichiamo infatti che lui stesso l'aveva aiutato a redigere una relazione scientifica su *Un nuovo tipo di fari a luce intermittente*, letta quello stesso anno alla Royal Scottish Society. Proprio per trovare una mediazione con il padre, Louis si iscrive a giurisprudenza. Prenderà la laurea nel 1875, senza per altro iniziare l'esercizio della professione. Nel 1873 la rottura con il padre è irrevocabile dopo l'aperta dichiarazione di ateismo da parte di Louis e la decisione di dedicarsi alla letteratura. Nello stesso anno conosce Frances Jane Sitwell, una donna di talento gravitante nel mondo artistico, alla quale rimarrà legato per lungo tempo in un rapporto ove la dimensione erotica è sublimata, come appare dalle lettere che le scrive in stile preraffaellita, nella venerazione platonica e filiale. Fa amicizia con il critico artistico e letterario Sidney Colvin.

1874-1879

Con l'acuirsi dei sintomi della malattia polmonare, la famiglia concede a Louis un soggiorno a Mentone. Fra il 1874 e il 1879 passerà parte dell'anno in Francia con frequenti soggiorni a Barbizon, nella foresta di Fontainbleau, un luogo frequentato da pittori ed artisti di varie nazionalità: « Per un certo periodo sono stato un barbizoniano convinto; *et ego in Arcadia vixi;* è stato un periodo stupendo: il villaggio silente al limitare della foresta è diventato nella memoria, per me come molti altri, una macchia verde. Il grande Millet era morto da poco, chiuse le persiane della sua umile casa, le figlie in lutto. La locanda di Siron, alloggio abituale degli artisti, aveva regole semplici. A qualsiasi ora della sera, al rientro dalla foresta, si bevevano liquori nella sala del bigliardo, o si poteva scendere in cantina per risalire carichi di bottiglie di vino e di birra. A qualsiasi ora del mattino si poteva avere il caffè o del latte freddo prima di affrontare la foresta. Non era raro essere svegliati dal battere d'ali delle colombe che entravano in camera; sulla soglia della locanda s'avvertiva l'aroma del bosco ». Prosegue frattanto il rigoroso esercizio stilistico per rendere più rispondenti gli strumenti espressivi. Annoterà molto più tardi, riferendosi a questo periodo: « Ogni volta che mi imbattevo in un libro o in un brano che mi piaceva e in cui venivano resi con proprietà un dato tema o un certo effetto, in uno stile e con una forza inconfondibili, mi mettevo subito ad imitare quell'autore. Sapevo di non riuscirci, eppure provavo e riprovavo finché, dopo una serie di tentativi, cominciavo ad avere una nozione del ritmo, dell'armonia, della costruzione e dell'interdipendenza delle parti. Sono stato un assiduo imitatore di Hazlitt, Lamb, Wordsworth, Baudelaire, Obermann ». L'attività creativa va polarizzandosi nei due settori della saggistica e dei resoconti di viaggio. Scrive saggi su Poe, Whitman, Hugo e Villon, il poeta maledetto che nella sua mente si associa con compiacenza autobiografica ai poeti ribelli scozzesi Robert Burns e Robert Fergusson. Nel 1878 pubblica *An Inland Voyage* (Un'escursione nell'entroterra); nel 1879 *Travels with a Donkey in the Cevennes* (Viaggi a dorso di mulo nelle Cevennes). Lavora ad alcuni racconti che compariranno nella raccolta *The New Arabian Nights* (Le nuove Mille e una notte), racconti di ambientazione francese, a metà strada fra il ricordo personale, come nel bozzetto *Providence and the Guitar* (La provvidenza e una chitarra), la riesumazione della « novella », come in *The Sire of Malétroit Door* (La porta del sire di Malétroit), e il frammento biografico, come in *A Lodging for the Night* (Un tetto per la notte). In questo periodo stringe amicizia con i critici Leslie Stephen e Andrew Lang e con lo scrittore George Meredith. Nel 1876 incontra a Grez un'americana d'una decina d'anni più grande di lui, Fanny Van de Grift sposata Osbourne. Fanny è una donna dal temperamento energico e avventuroso. Pressoché abbandonata dal marito, che pure la mantiene, è venuta in Francia con i due figli, Belle e Lloyd, per studiare pittura. Con lei Louis ha una relazione che ben presto si traduce nel progetto di matrimonio. Come annota Leslie Fiedler, Fanny presenta una indiscutibile dimensione materna agli occhi di Stevenson, per quanto rimossa nella solidale passione per la vita avventurosa. Ma all'improvviso Fanny deve tornare negli Stati Uniti perché il marito le ha tagliato ogni sovvenzione. L'anno seguente, dopo avere ricevuto una lettera in cui Fanny gli comunica di essere gravemente ammalata, Louis decide di imbarcarsi per l'America, contro i consigli degli amici e la volontà dei genitori che avevano confidato nel potere dissuasivo dell'oceano interposto fra i due amanti. Durante la traversata raccoglie appunti per il volume *The Amateur Emigrant* (L'emigrante dilettante), la cui pubblicazione sarà poi ostacolata dagli amici e dal padre per il modo diretto e documentario con cui Stevenson registra la condizione di abbrutimento in cui vivono gli emigranti del vecchio continente nel loro viaggio di speranza. Si è ormai avverato quanto aveva scritto alla madre nel 1874: « Devi renderti conto che sarò un nomade fino alla fine dei miei giorni. Non sai quanto l'ho agognato ai vecchi tempi, quando correvo a vedere i treni in partenza e desideravo andarmene con loro. Ora sai che devi considerare come parte integrante di me questa propensione alla vita errabonda. Devo essere un girovago. Dopo tutto è anche colpa tua, non è vero? Non avresti dovuto avere un vagabondo per figlio ».

1880-1887
Soggiorna a San Francisco e a Monterey in attesa che Fanny ottenga il divorzio. Come annota poco dopo il suo arrivo, « San Francisco è il più grande crogiuolo di razze e metalli preziosi, una città che sta a guardia della porta del Pacifico, un porto d'ingresso ad un altro mondo, ad un'era più giovane della storia dell'umanità ». Nell'angiporto frequenta marinai, commercianti delle isole del Pacifico, avventurieri, un mondo ancora una volta randagio, multiforme, spesso emarginato e tuttavia composto di « uomini veri, resi tali se non per studio, certo per esperienza; tutto quanto dicevano costoro era pervaso di poesia, perché l'uomo di cuore, quando non sia soltanto una canaglia, è il parente povero dell'artista ». Mette mano a numerosi progetti e porta a termine uno dei suoi più bei racconti (e il migliore delle *New Arabian Nights), The Pavilion on the Links*, iniziato a Londra nel '78. Si sposa con Fanny, che nel frattempo ha ottenuto il divorzio, con la quale trascorre un periodo di stenti in un villaggio abbandonato dai minatori del monte Saint Helena a nord di San Francisco. È un modo per fuggire le insidiose nebbie della metropoli e per rinnovare il fascino della vita primitiva. Dall'originale luna di miele nascerà *The Silverado Squatters* (Gli accampati di Silverado). La donna con cui Stevenson contrae quello che lui stesso definisce, riferendosi alle proprie condizioni fisiche, « un matrimonio *in extremis* », è così descritta da Sidney Colvin: «Fanny è una donna di forte personalità, interessante, romantica quasi come lui (Stevenson), inseparabile compagna dei suoi pensieri e fedele amica delle sue avventure. Nella malattia, è la più devota ed efficiente delle infermiere ». Il matrimonio con Fanny è per Louis non tanto una ripetizione, quanto l'autentica ricerca di un'infanzia mai vissuta e di una madre mai realmente posseduta senza avvertire il gelo dell'ombra paterna. Lo stesso figlio di Fanny, Lloyd Osbourne, diventa per Louis un fratello con cui divertirsi, fino a convertire tale diver-

timento nella collaborazione letteraria con il romanzo *The Wrong Box* (La cassa sbagliata) del 1887. Malgrado le doti di Fanny, le sorti della famiglia si fanno insostenibili. Per probabile intercessione degli amici inglesi e scozzesi, la coppia riceve dal vecchio Thomas gli aiuti che le permettono di ritornare a Edimburgo. Annoterà Stevenson con ironia di essere caduto più volte, ma sempre « sulle gambe del padre ». Molti biografi mettono in risalto il ruolo di mediazione svolto da Fanny tra le reciproche sordità del padre e del figlio. Sempre grazie agli aiuti paterni, gli Stevenson possono vivere alternativamente a Londra e in Francia. Nel frattempo arrivano i primi proventi dell'attività di scrittore. Se le *New Arabian Nights*, pubblicate nel 1882, hanno avuto un'accoglienza tiepida, *The Silverado Squatters* ha maggiore successo. Un buon contributo economico arriva con la vendita in America dei diritti del romanzo per ragazzi *Treasure Island* (L'isola del tesoro). Scritto da Stevenson prendendo spunto da una mappa, tracciata per giuoco con il figlio di Fanny, questo racconto mette in risalto il tema della ricerca che è di per sé più importante dell'oggetto della ricerca stessa, e con essa l'ambiguità morale di quanti vi si impegnano. Nel racconto che, come tutti i libri per l'infanzia, è leggibile a più livelli, si mescolano le fantasie e le letture adolescenziali, le lunghe escursioni costiere con il padre e lo scenario californiano. Le frequenti ricadute della malattia polmonare lo costringono a soggiornare a Davos in Svizzera e quindi in Francia, nelle isole Hières. Il passaggio da un sanatorio all'altro incide sulle risorse economiche, anche se Stevenson considera la precarietà finanziaria con un misto di umorismo e di ironia: « Sono ormai una persona con una cattiva salute stabile, una moglie e un cane indiavolato, uno chalet sulla collina che dà sul Mediterraneo, una certa reputazione e finanze delle più oscure ». Lavora a *Prince Otto* (Il principe Otto), il suo unico romanzo incentrato sull'idillio amoroso, e pubblica a fascicoli nel « Young Folks » *The Black Arrow* (La freccia nera). Nel 1885 esce la seconda serie delle *Arabian Nights* che contiene il romanzo, scritto in collaborazione con Fanny, *The Dynamiter* (Il dinamitardo) in cui, adottando un'ottica mobile desunta da Wilkie Collins, descrive in maniera romanzesca le inquietudini sociali e i moti anarcoidi degli anni ottanta in Gran Bretagna. Nel 1886 escono *Kidnapped* (Il fanciullo rapito) e

The Strange Case of Dr. Jekyll and Mr. Hyde (Lo strano caso del Dr. Jekyll e di Mr. Hyde) scritto nel 1885 a Skerryvore Cottage, Bournemouth, i cui proventi assicurano una maggiore stabilità economica alla famiglia. Riguardo all'ultimo fortunatissimo romanzo, annota Graham Balfour, cugino e biografo di Louis: « Il successo era dovuto più al senso morale del pubblico, che alla consapevolezza della narrazione artistica. Il romanzo fu letto da chi non aveva mai preso in mano un'opera narrativa, venne citato dai pulpiti e divenne il tema ricorrente degli articoli di fondo dei giornali religiosi ». Il romanzo è la rappresentazione schematica del tema della scissione della personalità, una tematica tipicamente stevensoniana, da *The Body Snatcher* (Il trafugatore di cadaveri), a *Markeheim,* a *The Master of Ballantrae* (Il signor di Ballantrae), correlata alle ipocrisie e alle rimozioni della società calvinistica. Con sicuro istinto del proprio tempo, Stevenson seppe cogliere il legame fra rimozione puritana da un lato, e sensualità e sadismo dall'altro, anche se preferì tradurre la violenza sessuale dell'eroe negativo in brutalità fisica. Le fortunate prove di questi anni mettono in risalto l'inesauribile creatività di Stevenson che non abusò mai di un filone sperimentato, per quanto fortunato si fosse dimostrato. Ed anche a questo è dovuta la stima di Henry James, il romanziere americano che Louis conobbe a Bournemouth nel 1885, e con il quale intesserà un nutrito e famoso epistolario. All'apice della propria carriera Stevenson distingueva tre forme di romanzo, anche se poi, negli esempi migliori, le tre dimensioni confluivano in una: « Per primo c'è il romanzo d'avventure, che fa appello agli istinti sensuali e alle tendenze irrazionali; secondo, il romanzo psicologico, che sollecita il nostro apprezzamento intellettuale per le debolezze umane, la loro mescolanza e discontinuità; terzo, il romanzo drammatico che è fatto a somiglianza del miglior teatro e fa appello alle nostre emozioni e al giudizio morale ».

1888-1894

Dopo la morte del padre, potendo disporre di sufficiente denaro, Louis, Fanny, Lloyd e la madre dello scrittore partono per gli Stati Uniti alla ricerca di un clima adatto per Louis. Dopo un anno di permanenza a New York, ove Louis porta a termine

The Master of Ballantrae, s'imbarcano per una lunga crociera nel Pacifico meridionale, toccando le isole Marchesi, Tahiti, Honolulu da dove, dopo una sosta di sei mesi, ripartono per le isole Gilbert e quindi per le Samoa. Le Samoa, che sarebbero dovute essere solo una tappa del viaggio verso l'Australia, prima del definitivo ritorno in patria, diventano la residenza definitiva degli Stevenson. Nell'isola di Upolu, la maggiore delle Samoa, si fa costruire una casa alle pendici del monte Vaea, così descritta da Balfour: « Al piano terra l'edificio comprende tre ambienti: un bagno, un ripostiglio e una cantina. Sopra ci sono cinque camere. Una veranda larga un dodici piedi aggetta dall'intero frontale e da un lato del fabbricato. Stevenson ha fatto coprire con pannelli metà della veranda e vi ha trasferito la propria camera e lo studio, mentre l'altra metà della veranda può essere chiusa, se occorre, da imposte mobili. Un letto, un paio di scaffali, una tavolaccia da cucina in legno d'abete e due seggiole costituiscono la mobilia, mentre alle pareti sono appese due o tre delle predilette acqueforti di Piranesi e le illustrazioni delle opere di Stevenson. Da una parte c'è una rastrelliera chiusa a lucchetto con una mezza dozzina di fucili Colt per la famiglia, caso mai ce ne fosse bisogno. La biblioteca è piena di libri sulle cui copertine è stata passata una mano di vernice per proteggerli dal clima umido. I settori più importanti sono quelli dedicati alla storia della Scozia, alla letteratura francese moderna e del quindicesimo secolo, alla storia militare e all'oceano Pacifico ». Samoa è il luogo ove la salute di Louis migliora in maniera sorprendente. Sin dall'arrivo nei Mari del Sud aveva scritto: « Non m'immaginavo che esistessero luoghi come questi. La salute va a gonfie vele. Ho camminato a carponi nell'acqua per quattro ore in cerca di conchiglie. Sono stato cinque ore a cavallo. Che clima! Che viaggi! Gli attracchi sul fare del giorno; i profili di nuove isole nell'alba grigia, nuovi porti sovrastati dalla foresta, nuove grida d'allarme per gli squali e per la risacca. Il racconto di tutta la mia vita è migliore di un poema ». Nel 1890 comunica a Colvin: « La vita che conduciamo è dura, bella, interessante. La casa è in uno stretto vallone del monte Vaea, a seicento piedi sul mare, un nido sempre in procinto di essere soffocato dalla foresta che combattiamo a suon di colpi d'ascia e di dollari. Sono diventato matto a furia di lavorare fuori casa e alla fine ho deciso di smettere e mi sono chiuso dentro per non mandare all'aria il lavoro letterario. Estirpare l'erba e pulire il terreno è la cosa *più interessante*, e poi ti fa sentire che è una meraviglia! ». In risposta alla freddezza di Colvin, scrive ad Henry James di sentirsi in colpa verso gli amici e, anche se gli importava meno, nei confronti della società « civile » e quindi aggiunge: « Ma guarda questi luoghi e sii clemente nel giudicarmi. Mi sono più divertito nei pochi mesi che sono stato qui, che non in tutta la mia vita. E ho avuto più salute in questo periodo, che non nei dieci anni trascorsi ». Ed in effetti Louis lavora alacremente. Porta a termine, fra gli altri, *The Bottle Imp* (Il diavolo nella bottiglia), *The Isle of Voices* (L'isola delle voci), *The Beach of Falesa* (La spiaggia di Falesa). Altri romanzi come *The Wrecker* (Il naufrago) e *The Ebb Tide* (Il riflusso della marea) gli procurano buoni introiti. Nel contempo prende parte alla vita del luogo e in più occasioni difende gli indigeni dalla voracità dei mercanti europei ed americani. Deve fare da paciere nei casi di rivalità che lacerano le tribù delle isole in un contesto geografico, come quello delle Samoa, in cui si scontrano le mire colonialistiche di tedeschi, inglesi e americani. La riconoscenza degli indigeni verso colui che avevano chiamato Tusitala, « narratore di storie », diventa quasi una venerazione. Per Tusitala costruiscono una strada che conduce agevolmente dal porto alla casa in località Vailima. Alla famiglia si è unita frattanto la figlia di Fanny, Belle con il proprio figlio. Malgrado gli appelli degli amici scozzesi e l'affiorare di una sottile angoscia dell'esilio, particolarmente viva in Fanny, Louis lavora a due delle sue più importanti esperienze letterarie: il frammento di romanzo *Weir of Hermiston* (Weir di Hermiston) e *In the South Seas* (Nei Mari del Sud), nella ormai caratteristica alternanza di romanzo e saggio biografico descrittivo, e nell'altrettanto abituale rivisitazione immaginaria della remota Scozia.

1894

Robert Louis Stevenson muore improvvisamente il 3 dicembre per emorragia cerebrale. Viene sepolto sul monte Vaea da cui si domina il Pacifico. Sulla tomba viene apposta una lapide con questi versi: « Qui giace nel luogo desiderato, / Tornato è il marinaio, tornato dal mare, / E tornato dal colle il cacciatore ».

Dopo la morte di Louis, la madre torna in Scozia, mentre Fanny e i figli restano per qualche tempo a Vailima prima di tornare negli Stati Uniti. Annesse poco dopo le Samoa occidentali alla Germania, la casa di Stevenson a Vailima sarebbe divenuta la residenza del governatore.

Bibliografia

1. *Aspetti della critica stevensoniana*

Le note vicissitudini di R.L. Stevenson, la lotta diuturna contro la cattiva salute, gli attriti con la famiglia e soprattutto con le convenzioni vittoriane, la tenacia con cui seguì la propria vocazione di scrittore hanno contribuito, vivente l'autore, a gettare le basi del mito dell'artista ribelle alle restrizioni sociali e ai vincoli del destino. La fama della sua vita errabonda e dei suoi viaggi, da quelli giovanili nel continente, al romanzesco inseguimento della donna amata nel nuovo mondo, alle peregrinazioni nelle isole del Pacifico, ove elegge la sua ultima dimora, ne ha fatto il soggetto prediletto di un culto biografico tipicamente anglosassone.

Tuttavia è dubbio che la fama biografica di Stevenson abbia giovato alla comprensione delle sue opere. Chi si accinga a studiare questo autore, o semplicemente a goderne romanzi e racconti, può notare la sproporzione fra la gran messe di biografie, talora pregevoli, sovente ripetitive ed inutili, e l'esiguità degli studi critici. E ciò malgrado le non poche indicazioni dei suoi contemporanei, da quelle già altrove citate di H. James e di Conan Doyle, a quelle più tarde di Chesterton e di Borges, ivi compresa una nota osservazione di G. M. Hopkins che scriveva a Robert Bridges: « Stevenson è un maestro di stile raffinato, uno stile in cui ogni frase risulta polita come avviene in una poesia ». Indicazioni che, nel caso migliore, si sono tradotte nell'esaltazione di una dimensione parnassiana della sua scrittura senza l'ausilio di un vero e proprio esame stilistico.

Salvo rare eccezioni, sembra che la critica stevensoniana abbia privilegiato la specializzazione settoriale, senza per altro liberarsi completamente dal culto biografico o da quello per la raffinatezza della scrittura. E basterebbe pensare alle pagine penetranti di Leslie Fiedler (cfr. la bibliografia) sul tema della regressione infantile e della rimozione dell'eros. Ma è altresì necessario sottolineare che gli stimoli più vivaci alla lettura e all'analisi critica stevensoniane vengono da esperienze critiche assai diverse a riprova della proteiformità di questo scrittore. Per chi voglia rendersi conto dell'implicito, anche ideologico, contenuto in un romanzo come *Dr. Jekyll e Mr. Hyde*, sarà utile tutto un filone di studi sul « doppio », dal classico studio di Otto Rank, *Il doppio*, oggi disponibile in una riedizione della Sugarco, Milano, 1979 a *The Double in Literature*, di R. Rogers, Detroit, Wayne University Press, 1970 (anche se la diade asimmetrica Jekyll/Hyde non costituisce un "doppio", ma una scissione della personalità).

Non diversamente accade per la peculiare forma narrativa di Stevenson, per la cui comprensione critica le monografie esistenti verranno sempre dopo le pagine di M. Bachtin sul « romanzo d'avventure », di cui ci limitiamo a citare il recente *Estetica e romanzo*, Torino, Einaudi, 1979; e a quelle sul *romance* di N. Frye nella *Scrittura secolare*, Bologna, Il Mulino, 1978; oltre alla versione italiana di alcuni saggi di G. Lucàks intitolati *Scritti sul romance*, Bologna, Il Mulino, 1982. Un testo come *La letteratura fantastica* di T. Todorov, Milano, Garzanti, 1977, servirà a sua volta a determinare la tipologia del "fantastico" stevensoniano, unitamente ad altri scritti critici sul romanzo fantastico come T.E. Apter, *Fantasy Literature*, London, Macmillan, 1982.

Stabilite tali categorie, si potrà passare ad ulteriori verifiche attraverso J. Symons, *Bloody Murder, from the Detective Story to Crime Novel*, Londra, Faber & Faber, 1972 e J.G. Cawelty, *Adventure, Mystery, and Romance*, Chicago, Chicago University Press, 1976; al fine di sondare i rapporti di Stevenson con il "romanzo poliziesco".

Attraverso questi studi sarà possibile gettare un ponte fra l'impressionistica esaltazione della sua raffinata scrittura e la forma organizzativa del racconto, fino a renderci conto come quella forma atemporale del romanzo d'avventure cerchi di riscattarsi proprio nello stile, e come essa segni il senso della fuga spaziale e temporale di Stevenson più che il superamento delle sue contraddizioni.

2. *Opere di R.L. Stevenson*

Opere complete

Il culto stevensoniano di parenti e collaboratori ha prodotto due edizioni non complete di *Works* conosciute come la « Edinburgh Edition », con la collaborazione dell'autore, e la « Pentland Edition » curata da E. Gosse. L'edizione completa e più attendibile dei *Works* è la « Tusitala Edition », London, Heinemann, 1923-1927 in 35 voll. Buone anche la « Swanston Edition » a cura di A. Lang, London, Chatto & Windus, 1911-1912, nonché l'edizione dei *Works* a cura di L. Osbourne e F. Stevenson, London, Heinemann, 1922-1923, che contiene un ricco corredo iconografico.

Romanzi e racconti

Singole opere dell'autore sono oggi reperibili in varie edizioni, per cui si elencano di seguito le maggiori opere stevensoniane con la data della prima edizione: *New Arabian Nights*, London, Chatto & Windus, 1882; *Treasure Island,* London, Cassell, 1883; *More New Arabian Nights* (in collaborazione con la moglie), London, Longmans, 1885; *The Strange Case of Dr. Jekyll and Mr. Hyde*, London, Longmans, 1886; *Kidnapped*, London, Cassel, 1886; *The Merry Men and other Tales and Fables*, London, Chatto & Windus, 1887; *The Black Arrow,* London, Cassell, 1888; *The Master of Ballantrae,* London, Cassell, 1889; *The Wrong Box* (con Lloyd Osbourne), London, Cassell, 1892; *Island Nights' Entertainments: Consisting of the Beach of Falesà, The Bottle Imp, The Isle of Voices*, London, Cassell, 1893; *Catriona*, London, Cassell, 1893; *The Ebb-Tide. A Trio and Quartette*, London, Heinemann, 1894 (con Lloyd Osbourne); *Weir of Hermiston: an Unfinished Romance*, London, Chatto & Windus, 1896; *St. Ives, being the Adventures of a French Prisoner in England* (portato a termine da A.T. Quiller-Couch), London, Heinemann, 1897. Di tutte le opere narrative esistono innumerevoli edizioni moderne. Numerose anche le edizioni che raccolgono in un volume più titoli di racconti, o di romanzi e racconti. La narrativa stevensoniana è del pari presente in tutte le edizioni economiche.

Poesie e teatro

Moral Emblems and other Poems, edizione privata, Davos-Platz, 1882, poi Chatto & Windus, 1921; *A Child's Garden of Verses,* London, Longmans, 1885; *Underwoods,* London, Chatto & Windus, 1887; *Ballads,* London, Chatto & Windus, 1890; *Songs of Travel, and other Verses,* London, Chatto & Windus, 1895. Per il teatro: *Deacon Brodie*, stampato privatamente, Edinburgh, 1880 (con W.E. Henley); *Macaire,* come sopra, Edinburgh, 1885 (con W.E. Henley); *The Hanging Judge*, come sopra, London, 1914 (con la moglie Fanny). Inoltre, per una visione d'insieme della poesia stevensoniana, si può ricorrere all'edizione dei *Poems* a cura di Janet Adam Smith, London, Hart-Davis, 1960 e quindi ai *Collected Poems* a cura dello stesso, London, Hart-Davis, 1971.

Altre opere

An Inland Voyage, London, Kegan Paul & Co., 1878; *Travels with a Donkey in the Cevennes,* London, Kegan Paul & Co., 1879; *Virginibus Puerisque, and other Papers*, London, Kegan Paul & Co., 1881; *Familiar Studies of Men and Books,* London, Chatto & Windus, 1882; *The Silverado Squatters, Sketches from a Californian Mountain,* London, Chatto & Windus, 1892; *A Footnote to History,* London, Cassell, 1892; *The Amateur Emigrant,* London, Chatto & Windus, 1895; *In the South Seas,* London, Chatto & Windus, 1900.

Lettere

Per il ricco epistolario stevensoniano si può ricorrere alla scelta curata da Sidney Colvin, *Letters of R.L. Stevenson*, London, Methuen, 1899; si vedano anche i quattro volumi delle *Selected Letters,* London, Methuen, 1911.

3. *Rassegna della critica stevensoniana*

Studi a carattere biografico sull'autore

Della ricca messe di biografie stevensoniane, ci limitiamo a citare quelle più rappresentative: R. Aldington, *Portrait of a Rebel: the Life and Works of R.L. Stevenson,* London, Evans, 1957 (trad. italiana, *Ritratto di un ribelle, vita e opere di R.L. Stevenson,* Milano, Mursia, 1963); D. Daiches, *Robert Louis Stevenson,* Glasgow, William Maclellan, 1947; J.C. Furnas, *Voyage to Windward: the Life of R.L. Stevenson*, London, Faber & Faber, 1952; G.B. Stern, *R.L. Stevenson,* London, Longmans, 1961; J. Adam Smith, *H. James and R.L. Stevenson, a Record of Friedship and Criticism,* London, Hart-Davis, 1948; L. Cooper, *R.L. Stevenson, a Pictorial Biography,* London, Burns & Oates, 1969; J. Calder, *R.L. Stevenson, A Life Study,* London, H. Hamilton, 1980.

Studi critici

D. Daiches, *Stevenson and the Art of Fiction*, New Haven, Yale U.P., 1951; R. Kiely, *R.L. Stevenson and the Fiction of Adventure*, Cambridge (Mass.), Harvard U.P., 1964; E.M. Eigner, *R.L. Stevenson and Romantic Tradition,* Princeton, Princeton U.P., 1966; L. Fiedler, intr. al *Master of Ballantrae*, New York, Oxford U.P., 1961; H.W. Garrod, *The Poetry of R.L. Stevenson,* in *Essays Presented to Sir Herbert Grierson*, London, Methuen, 1948; M.L. Cazamian, *R.L. Stevenson,* in *Le Roman et les idéés en Angleterre,* vol. III, *Les doctrines d'action et l'aventure,* Paris, Gallimard, 1955; R.G. Swearingen, *The Prose Writings of R.L. Stevenson: a Guide,* London, Macmillan, 1980; P. Mixer ed., *R.L. Stevenson. The Critical Heritage,* London, Routledge and Kegan Paul, 1981; V. Nabokov, *R.L. Stevenson, Dr. Jekyll and Mr. Hyde,* in *Lectures on Literature,* New York, Harcourt Brace Jovanovich, 1980 (traduzione italiana: *Lezioni di letteratura*, Milano, Garzanti, 1982).

Su *Jekyll e Hyde* e sulla fortuna del romanzo nel cinema, cfr S.S. Prawer, *Caligari's Children,* Oxford, Oxford U.P., 1980 (trad. italiana *I figli del dottor Caligari,* Roma, Editori Riuniti, 1981).

Contributi italiani

C. Pavese, *R.L. Stevenson,* in *La letteratura americana e altri saggi,* Torino, Einaudi, 1953; M. Praz, *Successo di Stevenson,* in *Cronache letterarie anglosassoni*, vol. I, Roma, 1950; M. Praz, *Weir of Hermiston,* in *Saggi di letteratura e d'arte*, Milano,

1952; E. Cecchi, intr. a *Romanzi e racconti di R.L. Stevenson,* Roma, Casini, 1950; S. Rosati, presentazione di *Tutti i racconti e i romanzi brevi di R.L. Stevenson,* Milano, Mursia, 1963; G. Manganelli, intr. a *Il Signor di Ballantrae,* Torino, Einaudi, 1965; E. Giachino, intr. a *Il Principe Otto,* Milano, Adelphi, 1968; I. Calvino, intr. a *Il padiglione sulle dune,* Torino, Einaudi, 1973; M. Bonacina, intr. a *Il Meglio di R.L. Stevenson,* Milano, Longanesi, 1972; M. Praz, *Il doppio,* in *Il patto col serpente,* Milano, Mondadori, 1972; L. Caretti, intr. a *L'isola del tesoro,* Milano, Mondadori, 1980. A. Brilli ha curato l'intr. a *Le nuove Mille e una notte,* Milano, Mondadori, 1980, nonché a *Romanzi, racconti e saggi,* Milano, Mondadori, 1982. Si veda infine l'intr. di S. Rossi alla ed.ne bilingue del *Dr. Jekyll e del Sig. Hyde,* Milano, Mursia, 1982, nonché le note alla versione dello stesso romanzo a cura di C. Fruttero e F. Lucentini, Torino, Einaudi, 1983.

Lo strano caso del dottor Jekyll e del signor Hyde [1]

Storia di una porta

Il signor Utterson, il legale, era una persona dall'aspetto ruvido,[2] mai illuminato da un sorriso; gelido, reticente, impacciato nel conversare, riluttante al sentimento, esile, allampanato, malmesso, tetro: nonostante tutto sapeva comunicare un che di amabile.

Fra amici, specie quando il vino gli andava a genio, nel suo sguardo baluginava un senso di umanità profonda. Un senso che, per quanto non riuscisse mai a tradursi in parole, sfoggiava la sua eloquenza non solo dopo il pranzo, nella compiacenza silente dei simboli del volto, ma ancor più sovente e con maggior ardore nelle azioni della vita. Era severo con se stesso; di tanto in tanto si concedeva il piacere solitario d'un sorso di gin per castigare una certa propensione ai vini di pregio; amante del teatro, non ne varcava la soglia ormai da venti anni. Con gli altri, invece, si mostrava di una grande tolleranza e non di rado assaporava lo stupore, non scevro da una certa invidia, al cospetto dell'incontenibile vitalismo che sospinge gli animi al delitto. Nei casi più truci era più disposto a comprendere che a condannare. « Tendo a schierarmi dalla parte di Caino » soleva dire con una punta di arguzia « e lascio che il mio fratello vada al diavolo come meglio preferisce.[3] » Con tale disposizione dell'animo, gli capitava spesso di rivestire il ruolo dell'ultima stimabile conoscenza e dell'estremo, benefico confidente che potessero avere individui giunti al limite della degradazione. E fin tanto che costoro andavano a trovarlo nel suo studio, si vedevano trattati sempre allo stesso modo, senza il minimo mutamento.

Per il signor Utterson non era affatto difficile riuscirci, poiché era l'uomo più discreto che potesse esistere e persino le sue amicizie sembravano ispirate al crisma, del tutto analogo, della comprensione reciproca.[4] È tipico dell'uomo senza pretese accogliere nel novero delle proprie amicizie quanti gli vengono porti dalle mani del caso, e tale era infatti la consuetudine dell'avvocato. Per amici aveva i propri consanguinei o persone conosciute da tempo immemorabile. I suoi sentimenti crescevano con il passare del tempo, abbarbicandosi come l'edera, a prescindere dalla rispondenza che potessero avere. Di questo stampo erano i vincoli che lo univano al signor Richard Enfield, un parente alla lunga, ben noto uomo di mondo. Per molti era un rebus stabilire cosa quei due trovassero l'uno nell'altro, o cosa avessero in comune. Quanti li incontravano durante le loro passeggiate domenicali, riferivano poi che i due se ne stavano muti come pesci, lo sguardo assente, pronti a dare il benvenuto, con evidente sollievo, alla comparsa di un terzo conoscente. Nondimeno i due tenevano in gran conto queste passeggiate e le consideravano il momento più prezioso della settimana, tanto che, pur di non interrompere quella dolce litania, rinunciavano ad altre piacevoli occasioni e resistevano perfino al richiamo del lavoro.

Durante uno di quei vagabondaggi, il caso li condusse in una via fuori mano, in un operoso quartiere londinese. Quella strada era l'emblema di una quiete decorosa, sebbene durante la settimana brulicasse di fervidi commerci. Doveva abitarci un ceto benestante, a quanto pareva, tutta gente protesa a migliorare con solerte emulazione il proprio tenore di vita e disposta ad investire l'eccedenza dei propri guadagni in opere di abbellimento, tanto è vero che le facciate delle botteghe si succedevano lungo la via con aria allettante, simili a una schiera di sorridenti commesse. Perfino la domenica, quando la via smorzava le sue più vivide note, ed era in proporzione più deserta, il nitore del luogo risaltava sulla tetraggine dei dintorni come un falò nella boscaglia, e con le sue imposte dipinte di fresco, le placche e i pomelli d'ottone lucidati a dovere, il senso diffuso di linda gaiezza, non mancava di attrarre e sedurre l'occhio del viandante.[5]

A un paio di porte da un cantone, sulla sinistra di chi fosse diretto a oriente, la sequela dei negozi s'interrompeva per dare accesso a un chiostro, e proprio in quel punto un casamento dall'aria sinistra protendeva sulla strada l'aggettante frontale. Era un edificio a due piani privo di finestre: al piano terra s'apriva soltanto una porta sovrastata dalla cieca superficie d'una muraglia slavata che proseguiva ininterrotta fino alla gronda. Sotto ogni aspetto ostentava i segni di un'annosa, sordida decadenza. La porta, cui mancavano campanello e batacchio, aveva la vernice scolorita, tutta bolle e screpolature. Sotto l'archivolto andavano ad accucciarsi i vagabondi che solevano sfregare gli zolfanelli sui battenti dell'uscio; sui gradini i mocciosi giocavano al mercato; gli scolari avevano messo alla prova i temperini sulle modanature, e per una generazione o giù di lì nessuno s'era preso la briga di cacciare quegli occasionali visitatori o di ripararne gli scempi.

Il signor Enfield e l'avvocato passeggiavano dall'altro lato di quella via secondaria ma, quando furono all'altezza della porta, il primo gliela indicò sollevando la giannetta.

« Hai fatto mai caso a quell'uscio? » chiese; e alla risposta affermativa del compagno aggiunse: « Nella mia mente è connesso a una storia bizzarra ».

« Davvero! » disse il signor Utterson con una lieve incrinatura della voce. « E di che si tratta? »

« Ecco come andò » rispose il signor Enfield. « Verso le tre di un mattino d'inverno, buio come la pece, stavo rientrando a casa da un luogo in capo al mondo. Il mio itinerario si snodava attraverso quartieri della città in cui non c'era da vedere proprio niente all'infuori dei lampioni: una strada dopo l'altra, e tutta la gente a dormire... una strada dopo l'altra, nel fioco barbaglio dei lampioni che sembravano in processione, e tutto deserto come la navata d'una chiesa... Alla fine mi ritrovai in quello stato d'animo in cui si tende pieni d'ambascia l'orecchio e si scruta in giro invocando la presenza d'un poliziotto. All'improvviso scorsi due figure: l'una era un uomo piuttosto piccolo che arrancava verso oriente con un incedere goffo eppure veloce; l'altra era una bambina di otto o dieci anni che correva a perdifiato per una viuzza traversa. Ebbene, caro mio, fu inevitabile che i due si scontrassero al crocicchio e proprio allora successe una cosa orribile, perché l'uomo calpestò senza remore quel corpicino lasciando sul selciato la bambina che era tutto un urlo.[6] A sentirla raccontare non fa granché effetto, eppure era come assistere ad una scena demoniaca. Quel tale non sembrava un essere umano, ma piuttosto qualche maledetto Juggernaut.[7] Gettai subito un grido d'allarme, mi buttai all'inseguimento di quel messere e, afferratolo per la collottola, lo riportai indietro fino al luogo in cui s'era formato un crocchio di persone attorno alla bambina che ancora strillava. Costui non oppose resistenza e mantenne una gelida calma, anche se mi gettò un'occhiata così truce che mi fece venire i sudori come dopo una corsa. Le persone scese in strada erano i familiari della bambina. L'avevano mandata loro a chiamare il dottore, il quale difatti comparve in capo a qualche minuto. La bambina non sembrava aver riportato lesioni, solo tanto spavento: così almeno sentenziò il medicastro.[8] E con ciò si sarebbe potuto dir chiusa la storia, se non si fosse verificata una curiosa circostanza. Quel messere che avevo acciuffato aveva suscitato in me un odio istantaneo, condiviso com'è naturale, dai familiari della bambina. Ma quel che mi colpì fu il contegno del dottore. Era il tipico medico, fatto e messo lì, così scialbo da non rivelare né età né temperamento, con uno spiccato accento edimburghese e sensibile alle emozioni quanto lo sarebbe stata una cornamusa.[9] Non ci crederesti, mio caro, ma anche il medicastro aveva la nostra medesima reazione: ogni volta che guardava il prigioniero si sbiancava in volto e fremeva dalla voglia di fargli la buccia. Sapevo quel che gli frullava in testa, come del resto lo sapeva lui nei miei confronti, ma poiché non era questione di conciare la pelle a nessuno, cercammo di fare del nostro meglio per sistemare la faccenda. Minacciammo quel tale di creare un tale scandalo attorno alla storia, da esporre il suo nome all'esecrazione di tutta Londra: gli garantimmo che, se avesse avuto amici o qualche credito, li avrebbe perduti e, mentre gliene dicevamo di cotte e di crude,[10] avevamo un gran da fare per tenerlo lontano dalle grinfie delle donne, invelenite come arpie. Non ho mai visto un'accolita di facce così accese dall'odio. In mezzo a quel cerchio c'era l'uomo con un ghigno di gelido livore... spaventato anche lui, lo vedevo bene..., eppure capace di tener testa alla situazione, sissignore, come Satanasso in persona. "Se volete sfruttare questo incidente per spillarmi quattrini, disse, non posso oppormi. Qualunque gentiluomo al posto mio vorrebbe evitare le chiassate, quindi ditemi quanto volete." Be', gli scucimmo un centinaio di sterline per la famiglia di quella povera stella; lui avrebbe voluto tagliare la corda, ma il gruppetto che l'attorniava aveva un'aria non proprio raccomandabile per cui, alla fine, venne a più miti consigli. A questo punto doveva andare a prendere il denaro e dove pensi che ci conducesse... se non alla porta di questo edificio? Qui estrasse in fretta e furia una chiave, entrò e quasi subito fu di ritorno con qualcosa come dieci sterline in oro e un assegno della banca Coutts[11] per il resto della cifra, pagabile al portatore e firmato da un nome che non posso riferire, sebbene sia uno degli elementi salienti della storia, un nome, comunque, molto noto e che ricorre spesso sui giornali. Era un bel gruzzolo, ma quel che contava di più era la firma, se era autentica. Feci notare al nostro messere che tutta la faccenda sapeva di bruciato, poiché nella vita reale è difficile trovare un tizio che, alle quattro del mattino, ti s'infila nella porta d'uno scantinato e ne sgattaiola fuori con un assegno di quasi cento sterline firmato da un'altra persona. Quello tuttavia continuava a ghignare con imperterrita soperchieria. "Non vi agitate, disse, rimarrò con voi fin quando apriranno gli sportelli della banca e incasserò io stesso l'assegno." Così ci incamminammo tutti quanti, il dottore, il padre della bambina, il nostro amico ed io, e trascorremmo il resto della notte a casa mia. Il giorno appresso, fatta la nostra brava colazione, ci recammo in corteo alla banca. Fui io stesso a porgere l'assegno, dicendo che avevo buoni motivi di crederlo falsificato: niente affatto, la firma era perfettamente autentica. »

« Guarda, guarda! » fece Utterson.

« Vedo che c'è qualcosa che stona anche a te » disse il signor Enfield. « Sì, è una gran brutta storia. Quello era un individuo con il quale nessuno avrebbe voluto spartire alcunché, un essere immondo; mentre il firmatario dell'assegno è un esempio vivente di probità, assai rinomato e (quel che è ancor più penoso), uno di quei tuoi amici dediti, come si suol dire, a fare del bene. Ricatto, suppongo: una persona dabbene che si svena a furia di sborsare denaro per qualche scappatella di gioventù. Ecco perché chiamo questo edificio dall'unica porta la Casa del Ricatto. Sebbene anche questo, è chiaro, è ben lungi dal fornire una spiegazione plausibile. » E con queste parole sembrò perdersi in qualche sua meditazione.

Ne fu distolto da una domanda che il signor Utterson buttò là a bruciapelo: « E non sai se ci sta la persona che firmò l'assegno? ».

« Un bel posticino, vero? » rispose il signor Enfield. « No, ne sono sicuro perché avevo notato di sfuggita l'indirizzo; quel tale vive in una piazza, non so bene dove. »

« E non hai chiesto informazioni circa... l'edificio che ha una sola porta? » disse il signor Utterson.

« Niente affatto, me l'ha impedito la mia inveterata discrezione » fu la risposta. « Non mi piace fare troppe domande, mi fanno pensare al giorno del giudizio universale. Porre una domanda è come mettere in moto una pietra: te ne stai tranquillo e beato sulla sommità di un colle e la pietra comincia a rotolare trascinando nella corsa altri detriti, e tutto ad un tratto un buon vecchietto, l'ultima persona al mondo a cui avresti pensato, si busca un colpo sulla zucca mentre vanga il suo orticello e così la famiglia è costretta a cambiar nome. Nossignore, me ne sono fatto una norma di vita: più una faccenda sa di bruciato e meno faccio domande. »

« È una regola d'oro, oltretutto » disse l'avvocato.

« Tuttavia ho studiato la casa per conto mio » [12] proseguì il signor Enfield « e non sembra abitata. Di porte c'è quella sola e non vi entra o esce nessuno eccetto il nostro galantuomo, anche se molto di rado. Sul chiostro s'affacciano tre finestre del piano superiore, mentre non ce ne sono al piano terra. Le finestre sono sempre sbarrate, ma hanno i vetri puliti. Poi c'è un comignolo che in genere fumiga, per cui qualcuno deve pur viverci. Ma anche questa non è una prova, perché su quel cortile si accatastano tali e tanti edifici che è difficile stabilire dove finisca l'uno e cominci l'altro.

I due passeggiarono per un certo tratto, in silenzio, poi:

« Enfield » disse il signor Utterson « quella tua norma è eccellente. »

« Sì, lo credo anch'io » replicò Enfield.

« Ciò nonostante » continuò l'avvocato « c'è un particolare su cui gradirei porgerti una domanda; vorrei sapere il nome dell'individuo che ha calpestato la bambina. »

« Be' » disse il signor Enfield « non vedo che male ci sia a dirtelo. Si tratta d'un tale di nome Hyde. »

« Mm... » bofonchiò il signor Utterson. « Che tipo d'uomo è? »

« Non saprei descrivertelo. Nel suo aspetto c'è qualcosa che non torna, qualcosa di sgradevole, di ignobile addirittura. Non mi è mai capitato d'incontrare una persona che mi abbia comunicato una simile, istintiva ripulsa. Ci deve essere qualcosa di deforme in lui e, anche se non saprei localizzarla, in quella figura s'avverte un'anomalia. È un essere dall'aspetto sconcertante e tuttavia non si riesce a cogliere nulla in lui fuori dell'ordinario. Nossignore, non mi ci raccapezzo, e non riesco a descriverlo. E non è che mi fallisca la memoria, perché anche ora l'ho qui davanti agli occhi. »

Il signor Utterson riprese a camminare in silenzio per un bel tratto, assorto com'era nei propri pensieri. « Sei sicuro che usasse una chiave? » domandò alla fine.

« Amico caro... » cominciò Enfield, preso alla sprovvista.

« Già, lo so » disse Utterson. « Può sembrare strano. Il fatto è che, se non ti chiedo il nome dell'altra persona, è perché lo so già. Vedi, Richard, il tuo racconto ha trovato in me l'ascoltatore ideale. Se non fossi stato meticoloso nel riferire i dettagli, faresti bene a integrarli. »

« Avresti potuto mettermi sull'avviso » rispose l'altro con una sfumatura di sdegno. « Ma sono stato scrupoloso fino al dettaglio, come dici tu. Quel tale aveva una chiave e, quel che più conta, ce l'ha ancora, perché ce l'ho visto almanaccare non più di una settimana fa. »

Il signor Utterson trasse un profondo sospiro, ma non aggiunse verbo e il giovane riprese a dire: « Ecco un'altra lezione che mi insegna a tenere la bocca chiusa. Mi vergogno quando penso di essere troppo linguacciuto. Facciamo un patto: non parliamo più di questa storia ».

« Di tutto cuore » disse l'avvocato. « Te lo prometto, Richard, con una stretta di mano. »

Alla ricerca del signor Hyde

Quella sera il signor Utterson fece ritorno al suo alloggio di scapolo più cupo che mai e si sedette a tavola senza la minima attrattiva. La domenica sera, dopo cena, aveva l'abitudine di mettersi accanto al camino con un tomo di una qualche arida branchia di teologia sistemato sul leggio, fin quando batteva la mezzanotte all'orologio della chiesa accanto. Allora se ne andava a letto da persona morigerata, con un senso di appagamento nell'animo. Quella sera tuttavia, appena sparecchiata la tavola, prese un candeliere e se ne andò nello studio. Qui aprì la cassaforte, estrasse dal cantuccio più riposto un plico su cui era vergata la dicitura « Testamento del Dottor Jekyll » e si sedette con aria accigliata a studiarne le clausole. Era un testamento olografo perché il signor Utterson, sebbene lo avesse avuto in custodia dopo che era stato redatto, s'era rifiutato di prestare la benché minima assistenza a quella scrittura. Esso stabiliva non solo che in caso di decesso di Henry Jekyll, M.D., D.C.L., L.L.D., F.R.S.,[13] ecc., ecc., tutti i suoi averi sarebbero andati al suo « amico e benefattore Edward Hyde », ma anche che in caso di « scomparsa o di assenza inspiegabile superiore ai tre mesi » del dottor Jekyll il suddetto Edward Hyde sarebbe subentrato in tutto e per tutto al citato Henry Jekyll, senza indugio, libero da qualunque obbligo o pendenza, che non fosse la liquidazione di poche briciole ai domestici del dottore. Quel documento costituiva da tempo una spina per l'avvocato. Lo feriva nella sua etica di legale e di uomo amante di una vita moralmente sana e scandita dalle abitudini, per il quale la stramberia ha sempre qualcosa di smodato. Fino ad allora s'era sentito ribollire d'indignazione per non sapere nulla a proposito del signor Hyde; ora, con un repentino rovesciamento, perché sapeva. Era una faccenda già abbastanza sgradevole quella, legata all'evanescenza di un nome del quale non riusciva a sapere niente. Ma diventava senz'altro peggiore allorché quel nome cominciava a prender forma attraverso turpi connotati, e dalle impalpabili, fuggevoli brume che per tanto tempo avevano irriso i suoi occhi balzava improvviso e indubitabile il presentimento d'un demonio.

« L'avevo attribuito alla follia » disse fra sé e sé riconsegnando alla cassaforte il plico detestato « ora temo che si tratti di un'infamia. » Quindi soffiò sul moccolo e, indossato il pastrano, uscì di casa dirigendosi verso Cavendish Square, il santuario della medicina, dove il suo amico, il famoso dottor Lanyon, aveva la sua abitazione e dove riceveva la folla dei suoi pazienti. « Se c'è qualcuno che ne sa qualcosa » aveva pensato fra sé « questi è il dottor Lanyon. »

Il maggiordomo impettito lo conosceva bene, per cui gli dette il benvenuto e, senza fargli fare anticamera, lo introdusse subito nella sala da pranzo dove il dottor Lanyon sedeva solo ad assaporare un calice di vino. Era questi un uomo cordiale, pieno di salute, vivace, rubicondo, con una gran testa arruffata e incanutita prima del tempo e un modo di fare estroverso e risoluto. Appena vide il signor Utterson balzò in piedi e gli andò incontro tendendo entrambe le braccia. Quella prorompente cordialità, all'unisono con il suo temperamento, poteva apparire alquanto melodrammatica, eppure nasceva da un sentimento genuino. Quei due infatti erano amici di antica data, vecchi compagni di scuola e di collegio, entrambi rispettosi di se stessi e l'uno dell'altro e, cosa che non sempre ne deriva di conseguenza, due esseri che sapevano gustare la reciproca compagnia.

Dopo aver parlato per un po' del più e del meno, l'avvocato condusse il discorso sull'argomento che lo preoccupava con tanta sgradevole pertinacia.

« Suppongo, Lanyon » disse « che tu e io siamo gli amici più vecchi che sono rimasti a Henry Jekyll. »

« Avrei preferito che gli amici fossero più giovani » ridacchiò il dottor Lanyon. « Ma credo che sia proprio così. E con ciò? Non lo vedo quasi mai. »

« Davvero! » disse Utterson « Credevo che aveste interessi comuni. »

« Un tempo » fu la risposta. « Ma sono più di dieci anni che Henry Jekyll s'è fatto troppo immaginoso per i miei gusti. Ha cominciato a farneticare e ad andare via di testa. Sebbene mi senta tuttora legato a lui in nome dei vecchi tempi, come si dice, l'ho veduto e lo vedo molto di rado. Tutti quegli sproloqui pseudoscientifici! » aggiunse facendosi all'improvviso paonazzo. « Avrebbero guastato i rapporti anche fra Damone e Pizia. » [14]

Quel breve accesso di collera fu un sollievo per il signor Utterson: "Si tratta soltanto di dissapori per quanto concerne la scienza" pensò, e poiché la sua attrazione per la scienza era alquanto fievole, a meno che non si trattasse di tangibili passaggi di proprietà, non si peritò di aggiungere: « Non è niente di grave, dunque ». Lasciò al suo amico qualche istante perché riprendesse il proprio contegno e quindi gli rivolse la domanda per la quale era venuto.

« Ti è mai capitato di incontrare un suo *protégé* [15]... un certo Hyde? » chiese.

« Hyde? » gli fece eco Lanyon. « No, mai sentito questo nome, almeno ai miei tempi. »

Furono tutte qui le informazioni che l'avvocato si portò dietro, in quel suo lugubre catafalco di letto sul quale si girò e si rigirò senza requie, finché le ore piccole del mattino cominciarono a crescere. Quella notte arrecò ben scarso sollievo alla sua mente angustiata che brancolava nel buio, assediata da mille interrogativi.

Quando le campane della chiesa, la cui prossimità alla casa del signor Utterson rivelava una così diretta rispondenza, batterono sei rintocchi, lui se ne stava ancora a lambiccarsi il cervello attorno a quell'enigma. Sino ad allora aveva stuzzicato soltanto la sua curiosità intellettuale, ma ora sembrava avere accaparrato, o piuttosto soggiogato, anche la sua immaginazione. Mentre giaceva senza un attimo di pace nel buio della notte, reso ancora più impenetrabile dai pesanti tendaggi della camera, il racconto del signor Enfield gli si svolgeva dinnanzi alla mente come le immagini della lanterna magica. Vedeva la fuga interminabile dei lampioni nella città notturna, poi la sagoma d'un uomo che camminava lesto lesto e una bambina che correva tornando dalla casa del medico, poi i due si scontravano e quell'autentico Juggernaut travolgeva la bambina e la calpestava incurante degli strilli. Oppure gli appariva la camera di una dimora lussuosa, dove il suo amico dormiva sorridendo alla beatitudine dei propri sogni; poi si schiudeva la porta di camera, si scostavano le cortine del letto, il dormiente veniva ridestato dal suo sonno... ed ecco! ritto accanto alla sponda del letto compariva un personaggio a cui era dovuto ogni potere e ai cui comandi colui che poco prima dormiva doveva alzarsi, anche in quell'ora inane della notte, e tributargli obbedienza. La figura ossessionò tutta la notte l'avvocato in questi due ruoli diversi, e se ogni tanto questi si assopiva, era solo per vederla scivolare furtiva attraverso le case addormentate, oppure procedere sempre più svelta, più svelta, fino al parossismo, attraverso il più vasto labirinto d'una città illuminata dai lampioni, schiacciando ad ogni cantone una bambina e lasciandola urlante per terra. E tuttavia il personaggio non aveva un volto attraverso il quale poterlo riconoscere; persino nel sogno appariva senza volto, o si trattava di un volto sempre elusivo, pronto a dissolversi dinnanzi al suo sguardo.[16] Fu così che nella mente dell'avvocato scaturì e crebbe quanto mai risoluta, spasmodica, la curiosità di vedere la fisionomia del vero signor Hyde. Se mai gli fosse stato concesso di posare una sola volta lo sguardo su di lui, era convinto che il mistero si sarebbe diradato e forse svanito del tutto, come in genere succede coi fenomeni innaturali quando vengono osservati da vicino. Avrebbe potuto cogliere il senso di quella strana predilezione, o del vincolo (chiamatelo come vi pare), e persino delle clausole inusitate del testamento. Senza contare infine che doveva essere una faccia che valeva la pena di vedere: il volto d'un individuo senza un briciolo di misericordia, un volto la cui semplice comparsa aveva suscitato nella mente di Enfield, in genere così compassato, un senso di tenace rancore.

Da allora in poi il signor Utterson cominciò a bazzicare la stradina dalle linde botteghe tenendo d'occhio la porta fatidica. Lo si poteva scorgere nel suo posto di osservazione il mattino prima dell'orario d'ufficio, sul mezzogiorno quando il lavoro ferveva e il tempo era contato, di notte sotto lo sguardo velato della luna cittadina, con ogni luce e a tutte le ore, di trambusto e di quiete.

"Se lui è il signor Hyde" aveva pensato "io allora farò il signor Seek."[17]

Alla fine venne la ricompensa per la sua attesa paziente. Era una notte tersa e asciutta, l'aria frizzante, le vie nitide come il pavimento d'una sala da ballo; le lampade immote nell'aria senza vento screziavano una trama regolare di luci e di ombre. Verso le dieci, quando le botteghe erano ormai chiuse, quella strada secondaria si fece deserta e silenziosa, malgrado il sordo ronfare della Londra circostante. Anche i minimi suoni trasmigravano lontano; da entrambi i lati della strada si percepivano netti i tintinnii domestici provenienti dalle case e l'eco dei passi d'un viandante che s'appressava ne dava anzi tempo l'annuncio. Il signor Utterson faceva la posta da qualche minuto, allorché avvertì un passo felpato, inconsueto che s'avvicinava. Durante le sue perlustrazioni notturne aveva fatto l'orecchio all'effetto curioso con cui i passi d'una persona singola, per quanto ancora distante, spiccavano all'improvviso sul possente ansimo e sul frastuono della città. Eppure non era mai successo prima che un rumore avesse captato la sua attenzione in maniera tanto perentoria ed acuta. Si ritrasse dietro l'angolo d'accesso al cortile con il chiaro, istintivo presentimento che quella fosse l'occasione decisiva.

I passi si stavano avvicinando con rapidità e all'improvviso, appena imboccata la via, echeggiarono più sonori. Sporgendosi dal cantone l'avvocato poteva ormai rendersi conto con che genere di persona aveva a che fare. Era un uomo piccolo, vestito in modo usuale; ma anche a quella distanza il suo aspetto gli comunicò una sensazione spiacevole. Il nuovo venuto si diresse senza indugi verso la porta attraversando la strada per scorciare la distanza, e nel frattempo tirò fuori una chiave con il gesto abituale di chi rincasa.

Il signor Utterson si fece avanti e mentre quello gli passava dinnanzi, gli dette un colpetto sulla spalla: « Il signor Hyde, suppongo? ».

Il signor Hyde si ritrasse di scatto, emettendo un sibilo nel riprendere fiato.[18] Fu solo un attimo di spavento perché, sebbene evitasse lo sguardo dell'avvocato, gli rispose con voce abbastanza gelida: « Sì, sono io. Che cosa volete? ».

« Vedo che siete in procinto di entrare » rispose l'avvocato. « Sono un vecchio amico del dottor Jekyll... Sono il signor Utterson di Gaunt Street, un nome che non dovrebbe suonarvi nuovo. Trovandovi qui, ho pensato di approfittare dell'occasione per entrare. »

« Ma non troverete il dottor Jekyll, è fuori casa » replicò il signor Hyde, infilando con gesto fulmineo la chiave. Poi all'improvviso, evitando sempre di guardarlo: « Come fate a conoscermi? » domandò.

« E voi, mi fareste un favore? » disse il signor Utterson.

« A disposizione » replicò l'altro. « Di che si tratta? »

« Potreste lasciarvi guardare in faccia? » chiese il legale. Il signor Hyde sembrò esitare poi, seguendo l'impulso di una subitanea riflessione, si volse di fronte con aria di sfida. I due si fissarono a vicenda per qualche secondo: « Ora saprò riconoscervi » disse il signor Utterson. « E potrà essermi utile. »

« Certo » ribatté il signor Hyde « è stato un bene che ci siamo incontrati e, *à propos*, vi lascio il mio indirizzo. » Così dicendo gli comunicò il numero di una via di Soho.

« Buon Dio! » pensò il signor Utterson. « Che anche lui sia corso col pensiero al testamento? » Ma tenne per sé tale supposizione e borbottò qualcosa per ringraziarlo dell'indirizzo.

« E ora a voi » disse l'altro « come fate a conoscermi? »

« Dai vostri connotati » fu la risposta.

« E chi ve li ha forniti? »

« Abbiamo amici in comune » disse il signor Utterson.

« Amici in comune? » gli fece eco il signor Hyde con voce che s'era fatta più roca. « E chi sarebbero? »

« Jekyll, per esempio » disse il signor Utterson.

« Lui non vi ha mai parlato di me! » proruppe il signor Hyde in un impeto di furore. « Non vi credevo capace di menzogne. »

« Via » disse Utterson « non è questo il modo di parlare. » L'altro scoppiò in una risata selvaggia e un attimo dopo, con una rapidità prodigiosa, aveva già fatto scattare la serratura ed era sgattaiolato dentro.

Dopo la scomparsa del signor Hyde l'avvocato rimase attonito per un breve lasso di tempo, ritratto vivente dell'inquietudine. Poi riprese a ritroso la via, lemme lemme, sostando quasi ad ogni passo e portandosi il palmo della mano sulla fronte, con il gesto di chi è in preda ad una angosciosa perplessità. L'enigma che doveva affrontare, mentre procedeva, era uno di quelli cui è arduo fornire una soluzione. Il signor Hyde gli era apparso cereo e come rattrappito: dava l'impressione della deformità senza alcuna malformazione definita; aveva un sorriso repellente; verso di lui, poi, s'era comportato con un miscuglio delinquenziale di neghittosità e di arroganza; la sua voce era suonata rauca, tutta sibili e farfugliamenti...[19] particolari, questi, che andavano a suo discapito. Eppure anche assommandoli, non rendevano plausibile la ripugnanza, di un'intensità mai provata, oltre all'avversione e alla paura che il signor Utterson aveva avvertito mentre lo guardava. "Deve esserci qualcos'altro" disse dubbioso l'avvocato "c'è qualcosa di più, anche se non riesco a dargli un nome. Dio mi perdoni, ma non mi sembra nemmeno un essere umano. Dà l'idea, come dire, di un essere primordiale! [20] O forse ricorda la vecchia favola del dottor Fell? [21] O si tratta dell'influsso di un'anima immonda che si manifesta al di fuori, trasfigurando il bozzolo [22] che la contiene? Forse proprio di questo si tratta, dal momento che, mio povero vecchio Henry Jekyll, se mai mi fu dato di scorgere l'impronta di Satana su di un volto, l'ho vista su quello del tuo nuovo amico!"

Svoltando l'angolo della via secondaria c'era una piazza contornata da eleganti ed antiche magioni, in gran parte decadute rispetto all'alto rango che ricoprivano un tempo. Erano state quasi tutte suddivise in appartamenti e camere singole e affittate a gente d'ogni risma: incisori, cartografi, architettucoli, avvocati di dubbia reputazione, agenti di equivoche imprese. Una di queste case, tuttavia, la seconda dopo l'angolo, aveva conservato la sua lussuosa integrità. Il signor Utterson si fermò dinnanzi alla dimora che ispirava un'aria di agio fastoso, per quanto immersa nell'oscurità tranne la lunetta a raggera sopra l'ingresso, e bussò alla porta. Gli aprì un vecchio domestico, vestito con eleganza.

« È in casa il dottor Jekyll, Poole? » chiese l'avvocato.

« Vado a vedere, signor Utterson » disse Poole, facendo entrare nel frattempo l'ospite in una sala d'ingresso dal soffitto basso, spaziosa, accogliente, con il pavimento di mattonelle a scacchiera, riscaldata (come si usa nelle ville di campagna) dalla viva fiamma di un camino aperto e arredata da pregevoli stipi di rovere. « Il signore preferisce attendere accanto al fuoco, o devo introdurlo in sala da pranzo? »

« Aspetto qui, grazie » rispose l'avvocato il quale, avvicinatosi al camino, si sporse oltre l'alto parafuoco. L'ambiente in cui era rimasto solo era la creazione prediletta del suo amico dottore, e si diceva che lo stesso Utterson ne parlasse come del soggiorno più accogliente di Londra.[23] Ma quella sera un brivido di gelo gli scorreva nelle vene, mentre nella memoria il volto di Hyde era una presenza invadente. Provava (e gli accadeva di rado) un senso di nausea e di disgusto per la vita e quella sua tetraggine gli faceva scorgere una minaccia nel riverbero delle fiamme sul rovere lustro e nell'inquieto palpitare dell'ombra sul soffitto. Quando rientrò Poole per informarlo che il dottor Jekyll era uscito si sentì sollevato, e ne provò vergogna.

« Sentite, Poole, ho visto il signor Hyde entrare dalla porta di quello che un tempo era il teatro d'anatomia » disse. « È regolare che avvenga quando è assente il dottor Jekyll? »

« Del tutto normale, signor Utterson » rispose il domestico « il signor Hyde ha la chiave. »

« Il vostro padrone sembra riporre una fiducia illimitata in quel giovanotto, Poole » insistette l'avvocato assumendo un'aria stranita.

« Sì, signore, è proprio così » disse Poole « abbiamo tutti l'ordine di obbedirgli. »

« Non credo di aver mai incontrato il signor Hyde, vero? » chiese Utterson.

« Oh, no di certo, signore. Non fa mai *colazione* qui » rispose il maggiordomo. « In questa parte della casa non lo si vede quasi mai. Per lo più entra e esce dal laboratorio. »

« Ebbene, vi do la buona notte, Poole. »

« Buona notte, signor Utterson. »

L'avvocato uscì e prese la via di casa con un gran peso nel cuore. "Povero Harry Jekyll" pensava "ho paura che si trovi in cattive acque! Da giovane ha corso la cavallina... è passato tanto tempo ormai, certo, ma la Provvidenza divina non conosce prescrizioni. Deve essere proprio così: il fantasma di qualche antico peccato, il cancro di un'infamia segreta, il castigo che incalza, *pede claudo*, dopo anni che la memoria ha steso un velo d'oblio e l'indulgenza verso di sé ha perdonato la colpa." E l'avvocato si diede a meditare sul proprio passato atterrito da quell'idea, frugando nei più oscuri meandri della memoria nel timore che qualche vecchia colpa potesse balzargli dinnanzi come lo spauracchio di una scatola a sorpresa.[24] Ma il suo era un passato che poteva dirsi immacolato e ben pochi avrebbero osato svolgere il cartiglio delle proprie azioni con minore ambascia. Eppure sperimentava l'umiliazione del verme per le male azioni compiute, e subito dopo si sentiva risollevare da un senso di gratitudine trepida e contenuta per le tante altre che era stato sul punto di commettere e che pure aveva scansato. Tornando poi al solito rovello, gli pareva di scorgere un filo di speranza. "Questo signor Hyde, a guardarlo bene" pensò "deve avere chissà quali segreti; torbidi segreti a giudicare dal volto, segreti al cospetto dei quali anche il peggiore che può avere il povero Jekyll sarebbe limpido come la luce del sole. Le cose non possono continuare così. Mi sento raggelare al pensiero che un essere simile possa sgusciare come un lestofante al capezzale di Harry. Povero Harry, quale risveglio ti attende! E quale pericolo! Se questo Hyde fiuta soltanto l'esistenza del testamento, non vedrà l'ora di diventare l'erede. Sì, bisogna che corra subito ai ripari... ammesso che Jekyll me lo permetta" aggiunse. Ancora una volta infatti, gli erano tornate alla mente, trasparenti come cristallo, le strane disposizioni testamentarie.

Il dottor Jekyll è la tranquillità in persona

Per una combinazione veramente fortunata, il caso volle che un paio di settimane dopo il dottor Jekyll invitasse a uno dei suoi pranzi deliziosi cinque o sei vecchi compagni, tutte persone stimate e d'ingegno, nonché provetti intenditori di vini; così il signor Utterson fece in modo di restare per ultimo, dopo che gli altri ebbero preso congedo. Questa non era affatto una novità, bensì una consuetudine di vecchia data perché Utterson, quando era apprezzato, lo era di tutto cuore. C'erano padroni di casa a cui piaceva trattenere il taciturno uomo di legge proprio quando gli altri ospiti spensierati e faceti erano già sulla soglia, e si gustavano allora quella compagnia riservata per esserne iniziati alla solitudine, acquietando la mente tesa e sfibrata dall'allegria, in quel fervido silenzio. Il dottor Jekyll non faceva eccezione alla regola e mentre quella sera se ne stava seduto dall'altro lato del caminetto, un uomo sulla cinquantina robusto e ben fatto, dal volto fresco e un tantino malizioso, forse, ma con tutti i segni della capacità e della gentilezza, si sarebbe potuto leggere nel suo sguardo che per il signor Utterson nutriva un affetto caldo e sincero.

« Volevo parlarti da tempo, Jekyll » prese a dire l'avvocato « hai presente quel tuo testamento? »

Un acuto osservatore avrebbe colto a volo che l'argomento non era tra i più graditi, ma il dottore se la cavò con disinvoltura.

« Mio povero Utterson » disse « per te è una disgrazia avermi come cliente. Non ho mai visto nessuno afflitto come te per il mio testamento, se si escludono le rimostranze di quella mummia pedante di Lanyon per quelle che lui chiama le mie eresie in materia di scienza. Oh, so bene che è una brava persona, non c'è bisogno che mi guardi a quel modo, una gran brava persona e mi propongo sempre di vederlo più spesso; ma ciò non toglie che sia un inguaribile pedante, un pedante becero e volgare. Lanyon mi ha deluso quanto altri mai. »

« Sai bene che non l'ho mai approvato » tirò dritto Utterson, trascurando senza tante cerimonie il diversivo.

« Il mio testamento? Sì, lo so » rispose il dottore piuttosto secco « me l'hai già detto. »

« Allora te lo ripeto » proseguì il legale « sono venuto a sapere qualcosa sul conto del giovane Hyde. »

Il viso aperto e piacente del dottor Jekyll, e perfino le labbra, cambiarono colore e nei suoi occhi apparve un'ombra sinistra: « Non voglio sentire altro » disse. « Eravamo d'accordo, se non sbaglio, di non toccare più questo tasto. »

« Quanto ho saputo è abominevole » disse Utterson.

« Ciò non cambia nulla. Non ti rendi conto della mia posizione » replicò il dottore con una certa incoerenza « sono messo proprio male, Utterson, la mia è una posizione molto, molto penosa... Ed è una di quelle faccende che non saranno mai le chiacchiere a migliorare. »

« Jekyll » disse Utterson « tu mi conosci, sai che puoi riporre in me tutta la tua fiducia. Sgravati il cuore da questo peso confidandomi tutto, e sono sicuro che ti trarrò d'impaccio. »

« Mio caro Utterson » disse il dottore « è un gesto da amico il tuo, veramente da amico e non trovo parole per ringraziarti come vorrei. Credo in te ciecamente e mi fiderei più di te che di qualsiasi altro, sì, me compreso, se mi fosse consentita la scelta. Ma davvero non si tratta di quello che immagini, non è grave fino a questo punto e per tranquillizzarti ti dico che posso liberarmi di Hyde in qualunque momento. Ecco la mia mano in pegno di quanto ti dico, ti ringrazio di cuore; voglio aggiungere ancora una parola, Utterson, e sono sicuro che non te la prenderai a male: questa, vedi, è una faccenda strettamente personale e ti prego di lasciarla stare. »

Utterson rifletté un poco, lo sguardo perso sul fuoco.

« Non dubito che tu abbia perfettamente ragione » disse infine alzandosi.

« Orbene, dal momento che abbiamo toccato questo argomento, e spero per l'ultima volta » riprese il dottore « c'è un punto che vorrei tu capissi. Ho un grande interesse, è vero, per il povero Hyde. So che lo hai visto, me l'ha detto lui, e temo che sia stato molto sgarbato. Ma io ripongo, te lo dico con tutta sincerità, un grande, grandissimo interesse in quel giovane, e se me ne andassi, promettimi, te ne prego Utterson, di sostenerlo e di assicurargli i diritti che gli spettano. Se tu fossi a conoscenza di tutto, sono sicuro che lo faresti. Promettendomelo, comunque, mi allevieresti l'animo da un pesante fardello. »

« Non posso fingere che mi vada a genio » rispose l'avvocato.

« Non è questo che ti chiedo » proseguì Jekyll, perorando la propria causa e ponendo una mano sul braccio dell'altro; « ti chiedo solo di essere giusto. Ti chiedo solo di aiutarlo per amor mio, quando non sarò più tra voi. »

Utterson non riuscì a reprimere un profondo sospiro: « Bene » disse « lo prometto. »

L'orribile delitto Carew

Quasi un anno dopo, nell'ottobre del 18 –, un delitto d'inaudita ferocia, reso ancor più clamoroso dall'elevata condizione della vittima, sconvolse Londra. Scarsi e drammatici i particolari. Verso le undici una cameriera che viveva da sola in una casa non lontana dal fiume, era salita in camera per coricarsi. A quell'ora della notte l'aria era tersa, sebbene più tardi la nebbia fosse calata come una cappa sulla città, e il vicolo su cui dava la finestra della cameriera era rischiarato dalla luce brillante della luna piena. A quanto pare doveva essere una ragazza d'indole romantica poiché s'era seduta sul bauletto che teneva sotto il davanzale, perdendosi in fantasticherie. Mai, ripeteva mentre i lacrimoni le scendevano quattro a quattro raccontando l'esperienza vissuta, mai s'era sentita più in pace con l'umanità e altrettanto bendisposta verso il mondo intero. Standosene così seduta s'accorse d'un signore distinto, anziano, dai capelli candidi [25] che procedeva lungo il vicolo, mentre dalla parte opposta veniva avanti un altro signore, striminzito, al quale sul momento non aveva badato. Quando furono vicini l'un l'altro (proprio sotto lo sguardo della ragazza), l'uomo anziano fece un inchino e si rivolse all'altro con maniere di squisita cortesia. Non sembrava che l'avesse fermato per domandargli alcunché d'importante, dai gesti anzi era facile comprendere che gli chiedeva informazioni sulla via da seguire; ma mentre parlava aveva il volto illuminato dalla luna e la ragazza l'osservava con piacere, perché quel volto sembrava emanare una purezza ed una cortesia di maniere quale più non s'usa, pur con un tocco di aristocratica, consapevole superiorità. A quel punto lo sguardo della ragazza scivolò sull'altro individuo e fu sorpresa di riconoscere un certo signor Hyde, che era venuto una volta a fare visita al suo padrone, e per il quale aveva subito provato un'avversione istintiva. Questi aveva un bastone da passeggio, forte come un randello, che si passava da una mano all'altra; non rispondeva affatto e sembrava addirittura ascoltarlo con malcelata impazienza. Poi tutto d'un tratto proruppe in una furia incontenibile, si mise a battere i piedi per terra brandendo il bastone e gesticolando (così raccontava la ragazza), come un ossesso. Il vecchio signore arretrò d'un passo con aria esterrefatta e un po' risentita, al che il signor Hyde perse il lume degli occhi e con un colpo terribile lo fece stramazzare a terra. Si mise subito a calpestarlo come un gorilla inferocito, scaricandogli addosso una tale tempesta di colpi che s'udiva lo scricchiolio delle ossa fracassate mentre il corpo sobbalzava sul selciato. L'orrore della scena e soprattutto di quel suono [26] fece cadere la ragazza in deliquio.

Erano le due allorché rinvenne e fu in grado di chiamare la polizia. L'assassino se l'era svignata da un pezzo, ma in mezzo al vicolo restava la poltiglia orrenda della sua vittima. Anche il bastone con il quale era stato compiuto il misfatto s'era spezzato per la violenza di quell'aggressione frenetica, sebbene fosse d'un legno pregiato, duro e pesante: un mozzicone scheggiato era andato a rotolare nella zanella, l'altro pezzo era rimasto senza dubbio in mano all'assassino. Indosso alla vittima trovarono il portafogli e un orologio d'oro, anche se non aveva né biglietti da visita né altre carte all'infuori di una busta sigillata e affrancata, e che con tutta probabilità stava per essere imbucata, sulla quale era scritto il nome e l'indirizzo del signor Utterson.

Il mattino appresso, di buon'ora, portarono il plico all'avvocato il quale era ancora sotto le coltri. Appena l'ebbe visto e fu messo al corrente dell'accaduto, assunse un'aria riservata e solenne: « Non dirò nulla finché non mi sarà mostrato il corpo » disse. « Può essere una faccenda maledettamente seria. Abbiate la cortesia di attendere mentre mi vesto. » E sempre con la stessa austerità consumò una sobria colazione e si fece condurre alla stazione di polizia dove avevano portato il cadavere. Non appena entrò nella cella adibita ad obitorio annuì:

« Sì » disse « lo riconosco. Ho l'ingrata incombenza di annunciarvi che si tratta di Sir Danvers Carew. »

« Santo cielo! Che dite? » esclamò il funzionario. « È mai possibile? » E un attimo dopo nel suo sguardo si accese il lampo dell'ambizione professionale. « Questo caso solleverà un gran scalpore » disse. « Voi forse potete aiutarci a scovare l'assassino. » E gli narrò in breve quel che aveva visto la cameriera, mostrandogli anche il moncherino del bastone.

Al nome di Hyde il signor Utterson s'era sentito tremare le ginocchia, ma quando gli fecero vedere il bastone non ebbe più dubbi: per quanto spezzato e pieno di ammaccature era il medesimo che anni addietro lui stesso aveva recato in dono a Henry Jekyll.

« Questo signor Hyde è un uomo di bassa statura? » chiese.

« Molto basso, sì, e con un aspetto d'incredibile malvagità, come ha riferito la ragazza » rispose il funzionario.

Il signor Utterson sembrò riflettere e quindi, alzando il capo. « Se favorite con me, nella mia carrozza » disse « penso di potervi condurre al suo domicilio. »

Saranno state ormai le nove del mattino ed erano calate le prime nebbie della stagione. Un immenso velario color cioccolata gravava opprimente dal cielo, ma il vento sospingeva senza tregua e sbaragliava sovente quelle vaporose falangi; perciò, mentre il calesse scivolava lento da una strada all'altra, al signor Utterson si dischiuse una gamma incredibile e stupenda di sfumature: qui infatti s'addensava l'ombra cupa della sera che muore, là il bagliore d'un bruno livido e intenso simile al riverbero d'una qualche strana conflagrazione, altrove la bruma si diradava per un attimo e fra quelle volubili spire guizzava la lama del giorno. Intravisto fra questi mutevoli squarci, il tetro quartiere di Soho, con le sue strade melmose, i passanti infagottati di cenci, i lumi che non erano stati mai spenti o erano stati riattizzati per combattere quella luttuosa resipiscenza delle tenebre, apparve agli occhi dell'avvocato come se facesse parte di una metropoli d'incubo.[27] I suoi pensieri, inoltre, erano dei più foschi e quando guardò in tralice il compagno di viaggio, provò il terror panico che a volte assale gli innocenti al cospetto della legge e dei suoi esecutori.

Mentre il calessino si fermava all'indirizzo indicato, la nebbia s'alzò quel tanto da svelargli una via lurida, sulla quale davano una mescita di gin, una lercia trattoria francese, una botteghina dove si vendevano giornalucoli a un soldo e lattuga a due soldi, con nugoli di mocciosi sbrindellati sulle soglie delle catapecchie e tante donne di paesi diversi che si recavano, la chiave in mano, a tracannare un cicchetto. Un attimo, e la nebbia color terra bruciata riprese il sopravvento calando come un sipario fra lui e quel mondo di miserie. Era da quelle parti dunque che abitava il protetto di Henry Jekyll, uno che era destinato a ereditare duecentocinquantamila sterline.

Ad aprire venne una vecchia gialla come l'avorio e con i capelli color argento. Le si leggeva la cattiveria sulla faccia, ricomposta invano dall'ipocrisia, sebbene ostentasse forbite maniere. Sì, disse, era proprio quello il domicilio del signor Hyde, ma non era in casa; era rientrato a notte fonda per riuscire dopo appena mezz'ora; ma non c'era nulla di strano, si comportava in maniera imprevedibile e spesso spariva dalla circolazione, difatti l'ultima volta l'aveva rivisto dopo quasi due mesi d'assenza.

« Molto bene, allora andiamo a dare un'occhiata al suo appartamento » disse l'avvocato; e allorché la donna cominciò a strepitare che non era possibile, « Forse avrei dovuto dirvi prima chi è costui » aggiunse « si tratta dell'ispettore Newcomen di Scotland Yard. »

Sul volto della donna comparve un lampo di infame esultanza: « Ah! » disse « È nei guai! E cos'ha combinato? ».

Il signor Utterson e l'ispettore si scambiarono uno sguardo d'intesa. « Non sembra una persona molto benvoluta » osservò quest'ultimo. « E ora, buona donna, lasciateci dare un'occhiata in giro. »

Di tutto il casamento che, ad eccezione della donna, era deserto, il signor Hyde s'era riservato un paio di stanze. Queste tuttavia erano arredate con lusso raffinato. C'era una credenzina piena di bottiglie di vino, il vasellame era d'argento, le tovaglie ricamate. Alla parete era appeso un quadro d'autore, un dono (pensò Utterson) di Henry Jekyll; folti e con i colori bene assortiti i tappeti. E tuttavia in quel momento le stanze portavano i segni di una ricognizione frettolosa e recente: sul pavimento giacevano i vestiti con le tasche rovesciate, i cassetti a molla erano spalancati e sul focolare c'era un mucchietto di cenere, resto evidente di un bel falò di carte. Fra quei residui l'ispettore ripescò il dorso strinato d'un blocchetto di assegni, verdognolo, scampato all'azione del fuoco. Da dietro l'uscio saltò fuori l'altra metà del bastone e l'ispettore andò in brodo di giuggiole dinnanzi alla conferma dei suoi sospetti. La sua soddisfazione fu completa allorché, fatta una capatina alla banca, si venne a sapere che c'era un deposito di varie migliaia di sterline intestate all'assassino.

« Potete contarci, signore » disse al signor Utterson. « Lo tengo già in pugno. Deve aver perso la testa, altrimenti non avrebbe lasciato qui il bastone e soprattutto non avrebbe bruciato gli assegni. Per l'uomo il denaro è la vita. Non ci resta che fargli la posta alla banca e tirar fuori le manette. »

Quest'ultima fu comunque un'impresa non tanto agevole, dal momento che il signor Hyde era conosciuto da pochi...

Lo stesso padrone della cameriera l'aveva visto solo un paio di volte; della sua famiglia si sapeva men che niente; sue fotografie non esistevano e coloro che l'avevano visto fornivano versioni del tutto contrastanti, come succede agli osservatori improvvisati. Semmai erano tutti d'accordo su un dettaglio, ed era l'ossessiva impressione di indefinita mostruosità che il fuggiasco lasciava in chi l'aveva visto.

L'incidente della lettera

Solo nel tardo pomeriggio il signor Utterson fu in grado di recarsi a casa del dottor Jekyll, dove Poole lo fece subito entrare scortandolo attraverso le cucine, e di là in uno spiazzo che un tempo era stato un giardino, proseguendo giù fino al padiglione, indifferentemente noto come il laboratorio o la sala d'anatomia. Il dottore aveva acquistato la casa dagli eredi di un eminente chirurgo, ma poiché la sua vera vocazione era la chimica piuttosto che la chirurgia, aveva cambiato destinazione all'edificio in fondo al giardino. Era la prima volta che l'avvocato veniva ricevuto in quella parte della casa. Osservava con curiosità quell'ambiente spettrale, privo di finestre, e si guardava attorno con una sgradevole sensazione di estraneità mentre attraversava il teatro anatomico,[28] un tempo affollato di studenti avidi di sapere, e ora ridotto a tempio della desolazione e del silenzio, con i tavoli stracolmi di alambicchi e di strumenti di chimica, il pavimento ingombro di casse e cosparso di paglia da imballaggio, nella luce fioca che spioveva dall'opaco lucernario. In fondo alla sala una rampa di scale s'inerpicava fino ad una porta foderata di felpa rossa, oltre la quale il signor Utterson venne finalmente ricevuto dal dottore. Era una stanza vasta, che dava sul chiostro attraverso tre finestre polverose e munite di inferriate, con teche alle pareti e vari arredi fra i quali spiccavano un tavolo da lavoro e una specchiera a cavalletto.[29] Il fuoco ardeva nel camino, sulla cui mensola era posato un lume acceso, poiché la caligine cominciava ad addensarsi anche dentro le case. Lì, a ridosso del tepore, sedeva il dottor Jekyll, pallido come un morto. Non s'alzò per andare incontro all'ospite, ma si limitò a tendergli la mano gelida e a dargli il benvenuto con una voce che non sembrava la sua.

« E ora » disse il signor Utterson appena fu uscito Poole « hai sentito la notizia? »

Il dottore rabbrividì: « La gridavano sulla piazza » disse « e l'ho sentita dalla sala da pranzo ».

« Una sola parola » disse Utterson. « Carew era mio cliente, ma anche tu lo sei e vorrei sapere come devo comportarmi. Non sarai mica stato tanto insensato da nascondere quell'individuo? »

« Utterson, giuro davanti a Dio » gridò il dottore « giuro davanti a Dio che non poserò più lo sguardo su di lui. Ti do la mia parola d'onore che con lui è finita, su questa terra. È un capitolo chiuso. E lui non ha davvero bisogno di me; non lo conosci come lo conosco io; lui è al sicuro, proprio al sicuro, e non se ne sentirà più parlare. »

L'avvocato l'ascoltava con aria tetra, urtato dai modi febbrili dell'amico. « Sembri molto sicuro di lui » disse « e voglio sperare per amor tuo che tu abbia ragione. Certo è che, se si arrivasse ad un processo, salterebbe fuori anche il tuo nome. »

« Sono sicuro di lui » replicò Jekyll; « la mia certezza si fonda su elementi che non posso esternare a nessuno. Ma c'è una cosa sulla quale potresti consigliarmi. Ho ricevuto una... una missiva e non so se consegnarla o meno alla polizia. Vorrei affidartela, Utterson, poiché tu sapresti giudicare da persona saggia. Non ne ho alcun dubbio, in te ripongo la massima fiducia. »

« Temi forse che possa condurre al suo arresto? » chiese il legale.

« No » disse l'altro « non posso dire che mi preoccupi di quel che accadrà di Hyde. Con lui ho chiuso, ormai. Stavo pensando alla mia reputazione che rischia di essere messa sulla bocca di tutti da questa storia infame. »

Utterson se ne stette a rimuginare per un po'. Era rimasto sbigottito dall'egoismo dell'amico, anche se per altro verso quella sortita costituiva un elemento di sollievo. « Bene » disse alla fine « fammi vedere la lettera. »

Questa era scritta in una calligrafia piuttosto diritta, bislacca e recava la firma di « Edward Hyde ». Comunicava in rapida concisione che il benefattore dello scrivente, il dottor Jekyll, che da lungo tempo si vedeva così mal ripagato della tanta generosità profusa, non doveva assolutamente preoccuparsi per la di lui sicurezza personale, poiché aveva vie di scampo sulle quali poter contare. La missiva colpì l'avvocato abbastanza favorevolmente, poiché gli stessi rapporti che correvano fra i due apparivano sotto una luce migliore di quanto avesse supposto e giunse perfino a biasimarsi per certi sospetti coltivati in passato.

« Hai la busta? » chiese.

« L'ho bruciata » rispose Jekyll « prima ancora di sapere cosa stessi facendo. Non aveva timbro, comunque: l'hanno recapitata a mano. »

« Posso tenerla e dormirci sopra? » chiese Utterson.

« Devi decidere tu, in tutto e per tutto » fu la risposta « non ho più fiducia in me stesso. »

« Bene, ci penserò » rispose l'avvocato « ancora una parola, se permetti: fu Hyde a dettare le clausole testamentarie relative alla tua scomparsa? »

Sembrò che il dottore fosse colto da un improvviso senso di spossatezza, serrò le labbra e annuì con il capo.

« Lo sapevo » disse Utterson « voleva assassinarti. L'hai scampata bella. »

« Ho ricevuto qualcosa di ben altra portata » replicò il dottore in tono solenne. « Ho avuto una lezione... Buon Dio, Utterson, e che lezione! » E per un attimo si coprì il volto con le mani.

Mentre stava uscendo, l'avvocato si fermò a scambiare qualche parola con Poole. « A proposito » disse « oggi qualcuno ha recapitato a mano una lettera, sapreste descrivermi che aspetto aveva colui che l'ha portata? » Ma Poole fu categorico: di posta era arrivata quella normale, niente altro. « E solo delle circolari » aggiunse.

L'informazione rinfocolò i timori sopiti del visitatore in procinto di uscire. La lettera doveva essere giunta attraverso la porta del laboratorio, forse l'avevano scritta nello stesso studio. Se era così, l'intera faccenda doveva essere giudicata diversamente e trattata con maggiore cautela. Sulla via di casa sentì che gli strilloni gridavano dai marciapiedi: « Edizione straordinaria! Orribile assassinio di un deputato... ». Ecco l'orazione funebre di un amico e di un cliente, e Utterson non poté fare a meno di avvertire una certa angoscia pensando che anche il buon nome di un altro rischiava di venir risucchiato nel gorgo dello scandalo. Doveva prendere una decisione quantomeno delicata, e per quanto fosse avvezzo a risolvere da sé i propri problemi, desiderò il consiglio di qualcuno. Non si trattava di un genere di consigli da chiedere direttamente; ma forse, pensò, avrebbe potuto ricavarli per via indiretta.

Poco dopo si trovava seduto a casa sua vicino al caminetto in compagnia del signor Guest, suo primo aiutante, che sedeva dall'altro lato, mentre in mezzo a costoro, a una distanza dal fuoco calcolata con meticolosità, c'era una bottiglia di vino stravecchio rimasta da tempo a poltrire fuor dalla luce nelle cantine di casa. La nebbia gravava ancora torpida, affogando sotto le proprie ali la città i cui lampioni luccicavano come carbonchi, mentre quelle nubi radenti attutivano e soffocavano il flusso della vita urbana che scorreva nelle grandi arterie con il rombo del vento impetuoso. La stanza era rallegrata dal guizzo delle fiamme. Entro la bottiglia i fermenti del vino s'erano dissolti da tempo, il colore imperiale aveva assunto un tono più pastoso, come avviene con le vetrate multicolori che acquistano più morbide intensità con il tempo, e lo splendore degli assolati meriggi autunnali sui vigneti collinari era in procinto di erompere per disperdere le nebbie di Londra. Pian piano anche la gelida scorza dell'avvocato cominciò a sciogliersi. Non c'era persona con la quale serbasse meno segreti come con il signor Guest, con il quale non era sicuro di mantenere nemmeno quelli che avrebbe voluto tenersi nel cuore. Guest frequentava la casa del dottor Jekyll per motivi di lavoro; conosceva bene Poole e difficilmente avrebbe potuto ignorare la familiarità di cui godeva il signor Hyde in quella casa, e magari avrebbe finito per trarre conclusioni arbitrarie. Non era forse il caso di mostrargli la lettera che poneva il mistero nella giusta luce? E soprattutto, considerando che Guest era un accanito studioso e un perito di grafologia,[30] non avrebbe forse considerato quel passo come un gesto naturale e cortese? Inoltre l'aiutante era una persona di giudizio e non avrebbe letto il documento senza lasciarsi sfuggire qualche osservazione: su questa il signor Utterson avrebbe eventualmente imbastito la propria strategia.

« Brutta faccenda il caso di Sir Danvers » disse.

« Sì, signore, davvero molto brutta. Ha allarmato l'opinione pubblica » rispose Guest. « Opera di un pazzo, senza dubbio. »

« A questo proposito, mi interesserebbe il vostro parere » riprese Utterson. « Ho qui uno scritto di suo pugno. Resti tra noi, poiché non so ancora che uso farne. Comunque vada è un gran brutto affare. Ma ecco proprio quel che ci vuole per voi: l'autografo di un assassino. »

Con gli occhi che gli scintillavano, Guest si mise subito a studiarlo con passione. « No, signore » disse « non si tratta di un pazzo, anche se è una strana scrittura. »

« E lo scrivente non è da meno, in ogni caso » aggiunse l'avvocato.

In quel preciso istante entrò un domestico con un biglietto.

« È stato scritto dal dottor Jekyll, signore? » chiese l'aiutante. « Mi è sembrato di riconoscere la calligrafia. Ma sono cose private, signor Utterson? »

« Si tratta solo di un invito a cena. Perché, lo volete vedere? »

« Solo un istante, grazie signore » e l'aiutante mise i due fogli uno accanto all'altro e si dette a fare un puntiglioso raffronto. « Grazie, signore » disse infine restituendoglieli « è un autografo molto interessante. »

Ci fu una pausa durante la quale il signor Utterson dovette lottare con se stesso. « Guest, perché li avete messi a confronto? » chiese all'improvviso.

« Bene, signore » rispose l'aiutante, « c'è un'analogia sorprendente fra le due calligrafie; per molti versi sono quasi identiche, varia solo l'inclinazione. »

« Piuttosto strano » disse Utterson.

« Proprio così, molto strano » fece eco Guest.

« Non vorrei far parola di questo biglietto, capite » disse l'avvocato.

« D'accordo signore » disse l'aiutante, « capisco. »

Non appena il signor Utterson rimase solo, quella sera, chiuse il biglietto nella cassaforte personale, dove giacque per sempre. "Ma come!" pensò "Henry Jekyll falsario per coprire un assassino!"

E si sentì gelare il sangue.

Il grave incidente del dottor Lanyon

Passò del tempo. Fu offerta una taglia di diverse migliaia di sterline, perché la morte di Sir Danvers era apparsa come un'offesa pubblica, ma il signor Hyde rimase inafferrabile come se non fosse mai esistito. Si scavò in ogni angolo del suo passato che risultò davvero ignobile: si raccontava della sua crudeltà, disumana e violenta, della vita infame, degli strani complici, dell'odio di cui era intrisa la sua esistenza, ma non un cenno sulla sua attuale dimora. Da quando aveva abbandonato la casa nel quartiere di Soho, il mattino del delitto, s'era dissolto nell'aria! A poco a poco, con il trascorrere del tempo, le eccitate angosce del signor Utterson cominciarono a placarsi e il suo animo a recuperare la calma. A suo modo di vedere, la morte di Sir Danvers era più che compensata dalla scomparsa del signor Hyde. Ora che quell'influenza malefica s'era ritratta nell'ombra, il dottor Jekyll sembrava sorto a nuova vita. Prese a uscire da quella sorta di isolamento volontario, riallacciò i rapporti con gli amici, tornò ancora una volta a essere per loro l'ospite consueto. Se un tempo era rinomato per le sue opere di carità, ora non lo era meno per la devozione religiosa. Pieno di alacrità, trascorreva molto tempo all'aria aperta, faceva del bene. Anche il suo volto sembrava disteso e irradiato dall'intima coscienza del dovere da compiere. Per oltre due mesi il dottore visse in pace.

L'otto gennaio Utterson fu a casa del dottore, in una cena fra intimi. C'era anche Lanyon e lo sguardo dell'ospite trascorreva dall'uno all'altro con la gaiezza dei bei tempi, quando costituivano un terzetto inseparabile. Il dodici, e quindi il quattordici, l'avvocato non fu ricevuto: « Il dottore è chiuso nello studio » disse Poole « e non vuole vedere nessuno ». Tentò ancora il quindici, invano anche questa volta. Poiché s'era abituato ad incontrare l'amico quasi tutti i giorni negli ultimi due mesi, si sentì alquanto intristito da questo nuovo empito di solitudine. Il quinto giorno invitò a cena Guest, il sesto si recò a casa del dottor Lanyon.

Qui almeno non gli fu opposto un rifiuto. Appena entrato, tuttavia, rimase esterrefatto dal mutamento che era avvenuto nella fisionomia del dottore: portava scritta sul volto la propria condanna. L'uomo baldanzoso e rubizzo d'un tempo era diventato cereo, tutto ossa, calvo, invecchiato. Eppure non furono tanto questi segni d'un rapido disfacimento del corpo a impressionare l'avvocato, quanto la luce degli occhi e le maniere che sembravano rivelare un terrore occulto e radicato nella mente. Era improbabile che il dottore temesse la morte, anche se questo fu il primo sospetto che balenò nella mente di Utterson. "Sì" pensò "come medico deve essersi reso conto delle proprie condizioni e dei giorni che gli restano, e non regge a questa prospettiva." Ma quando Utterson fece riferimento alla sua brutta cera, il dottor Lanyon dichiarò, sì, di essere un uomo finito, ma lo fece con grande dignità e forza d'animo.

« Ho avuto un colpo tremendo » disse « dal quale non mi rimetterò più. È questione di settimane. Sì, la vita è stata bella, mi piaceva, sissignore, e ci ero attaccato. Ma talvolta penso che se sapessimo tutto, ce ne andremmo con minor riluttanza. »

« Anche Jekyll è malato » osservò Utterson. « L'hai visto? »

A queste parole Lanyon cambiò espressione e sollevando una mano scossa dal tremito: « Non voglio più vedere, né sentir parlare di Jekyll » disse con voce stentorea ma alta « non ho più nulla a che spartire con quell'individuo e ti supplico di risparmiarmi qualsiasi riferimento ad uno che considero già morto e sepolto ».

« Ma via! Ma via! » disse il signor Utterson; poi, dopo una lunga pausa, « Non c'è nulla che possa fare? » domandò. « Siamo tutti e tre amici di vecchia data, Lanyon, e non ci resta più tempo di farcene degli altri. »

« Assolutamente nulla » ribatté Lanyon « vai a chiederglielo. »

« Non mi vuole ricevere » sospirò l'avvocato.

« Non mi meraviglia » fu la risposta. « Un giorno, quando sarò morto, forse ti sarà dato di sapere il torto e la ragione di tutto. Non posso aggiungere altro. Nel frattempo se vuoi trattenerti con me a parlare di altre cose, per amor di Dio, resta; ma se pensi di ritornare su questo maledetto argomento, in nome di Dio, vattene perché andrebbe oltre la mia sopportazione. »

Appena fu a casa, Utterson si mise subito a tavolino e scrisse a Jekyll lagnandosi della protratta esclusione e chiedendo ragguagli su quella sciagurata rottura con Lanyon. Il giorno dopo ricevette una risposta alquanto prolissa, molto patetica nei toni, oscura e misteriosa in più punti. Il contrasto con Lanyon era insanabile. "Non biasimo il nostro vecchio compagno" scriveva Jekyll "e condivido la sua opinione sull'opportunità di non incontrarci mai più. D'ora innanzi sono fermamente deciso a vivere in assoluto eremitaggio. Se la mia porta resterà chiusa sovente anche a te, non deve sorprenderti, né mettere in dubbio la mia amicizia. Devi lasciarmi proseguire nella mia strada di tenebre. Ho attirato sul mio capo una punizione e un pericolo che non posso confessare. Sono il più abietto dei peccatori, ma anche il più sciagurato dei sofferenti. Non avrei mai creduto che su questa terra potessero albergare pene e terrori così disumani... Puoi fare una cosa sola per alleviare il mio destino, Utterson, ed è rispettare il mio silenzio." Utterson era sbalordito. La torbida malìa di Hyde era cessata, il dottore era tornato alle amicizie e alle incombenze di sempre, appena una settimana prima il futuro sembrava arridere ad una lunga vecchiaia, solerte e onorata, ed ora, in un baleno, l'amicizia, la serenità, l'esistenza intera stavano naufragando. Un mutamento così radicale e subitaneo faceva pensare alla follia, anche se le parole e la condotta di Lanyon insinuavano il sospetto di un motivo più recondito.

Una settimana dopo il dottor Lanyon si mise a letto e in poco meno di una quindicina di giorni rese l'anima al Creatore. La notte che seguì al funerale, dal quale tornò sconsolato, Utterson chiuse a chiave la porta dello studio e, sedutosi al lume di una malinconica candela, tirò fuori e si pose dinnanzi un plico scritto di pugno dal suo amico estinto e recante impresso il suo sigillo: "RISERVATO. Da consegnare SOLTANTO nelle mani di J.G. Utterson e da *distruggere senza leggere* in caso della di lui morte". Tale era la solenne ingiunzione vergata sulla busta. L'avvocato tremò all'idea di leggere il contenuto. "Oggi ho sepolto un amico" pensò "che questo documento mi costi la perdita di un altro?" Ma respinse subito il timore come un atto sleale e fece saltare il sigillo. La busta ne conteneva un'altra, anch'essa sigillata, recante la dicitura: "Da non aprire fino alla morte o alla scomparsa di Henry Jekyll". Utterson non riusciva a credere ai propri occhi. Sì, c'era scritto la parola « scomparsa », proprio come in quel folle testamento che da tempo aveva restituito al suo autore; ancora una volta ricompariva l'idea della scomparsa in stretta connessione con il nome di Henry Jekyll. Tuttavia nel caso del testamento l'idea era scaturita dall'influenza nefanda di Hyde, e tradiva un fine anche troppo scoperto e criminale. Ma scritto da Lanyon, che voleva significare? Il depositario fu preso dalla curiosità incontenibile di infrangere il divieto e di sprofondarsi senza indugio in quei misteri, ma l'etica professionale e la lealtà verso l'amico estinto erano imperativi categorici e il plico scivolò intatto nell'angolo più riposto della sua cassaforte personale.

Ma inibire la curiosità non è la stessa cosa che vincerla, ed è molto dubbio che da quel giorno in poi Utterson desiderasse con il consueto trasporto la compagnia dell'amico rimastogli. Pensava a lui con affetto, ma non senza inquietudine e timore. Tentò ancora di rivederlo, e quando gli fu opposto un rifiuto, provò un senso indefinito di sollievo. In cuor suo preferiva conversare con Poole sui gradini d'ingresso, all'aria aperta e in mezzo al frastuono della città, piuttosto che venire introdotto in quella casa di volontaria reclusione e sedersi a parlare con il suo enigmatico romito. Certo, anche Poole era latore di notizie poco confortanti. A quanto pareva, il dottore viveva isolato, ora più che mai, nel suo studio sopra il laboratorio, e vi trascorreva spesso anche la notte. Era prostrato, affetto da mutismo, non leggeva più un rigo, sembrava avesse un tarlo nella mente. Utterson fece una tale abitudine alla invariabile giaculatoria dei responsi, che a poco a poco diradò la frequenza delle proprie visite.

L'incidente della finestra

Successe che una domenica il signor Utterson e il signor Enfield passarono di nuovo per la solita stradina, nel corso della loro consueta passeggiata, e quando furono dinnanzi alla porta del mistero, si fermarono puntandovi lo sguardo.

« Be' » disse Enfield « questa storia almeno ha avuto una fine. Non vedremo più il signor Hyde. »

« Lo spero » disse Utterson. « Ti ho mai raccontato che

una volta l'ho visto e che ho provato come te un senso di repulsione? »

« L'una cosa è inseparabile dall'altra » rispose Enfield. « A proposito, devi avermi giudicato un somaro per non aver capito subito che questo è l'ingresso secondario della casa di Jekyll! In parte è stato per un tuo errore se alla fine l'ho scoperto. »

« E allora ci sei arrivato? » disse Utterson. « Tanto vale quindi entrare nel chiostro e dare un'occhiata alle finestre. A dirti il vero, sto in pensiero per il povero Jekyll e, seppure dall'esterno, sento che la presenza di un amico può giovargli. »

Il cortile era molto fresco e non privo di umidità, inoltre vi si addensava una precoce penombra, sebbene il cielo, al di sopra delle loro teste, splendesse ancora della luce vespertina. Delle due finestre quella di mezzo era socchiusa: seduto accanto al davanzale, Utterson scorse il dottor Jekyll che prendeva aria con un'espressione di infinita malinconia, come un prigioniero senza speranza.

« Oh! Jekyll! » gridò l'avvocato. « Spero che ti senta un po' meglio. »

« Sono sfinito, Utterson » rispose il dottore con tono mesto « proprio sfinito. Ma grazie a Dio non durerà a lungo. »

« Stai troppo tappato in casa » disse l'avvocato « dovresti uscire e riattivare la circolazione, come facciamo noi, il signor Enfield ed io (a proposito, questo è mio cugino, il signor Enfield... il dottor Jekyll). Ora, via, prendi il cappello e vieni a sgranchirti le gambe con noi. »

« Sei troppo buono » sospirò l'altro. « Lo farei volentieri, ma no, no, no! È assolutamente impossibile. Non oso farlo. Ma sappi, Utterson, che sono tanto felice di vederti, è veramente un piacere inestimabile. Vorrei farti salire insieme al signor Enfield, ma il luogo non è dei più adatti. »

« In questo caso » disse l'avvocato con fare cordiale « la cosa migliore è starcene a parlarti di quaggiù. »

« Appunto quello che stavo per proporti » rispose il dottore con un sorriso. Ma aveva appena pronunciate queste parole, che il sorriso svanì dal suo volto per trasformarsi in una smorfia di tale abietto terrore e di disperazione, da gelare il sangue dei due visitatori. Fu questione d'un lampo, poiché la finestra fu chiusa all'istante, ma quel lampo fu sufficiente e i due si volsero abbandonando il cortile senza aprire bocca. Sempre ammutoliti attraversarono la stradina e solo quando raggiunsero una via più frequentata nelle adiacenze, dove c'era un po' di vita malgrado la giornata festiva, il signor Utterson si volse a guardare il compagno. Entrambi erano esangui e nei loro occhi l'orrore forniva un'eloquente risposta.

« Iddio ci perdoni! Iddio ci perdoni! »[31] disse il signor Utterson.

Il signor Enfield si limitò ad annuire con il capo, senza proferir verbo, e riprese il cammino in silenzio.

L'ultima notte

Una sera il signor Utterson se ne stava seduto accanto al caminetto, quando ricevette, con sua grande sorpresa, la visita di Poole.

« Dio vi benedica, Poole, qual vento vi porta? » esclamò e poi, osservandolo un po' meglio: « Cos'è che vi turba? » aggiunse; « Il dottore sta male? »

« Signor Utterson » disse l'uomo, « c'è qualcosa che non torna. »

« Sedetevi, ecco un bicchiere di vino » disse l'avvocato. « Ora ditemi perché siete venuto, con calma, senza precipitazione. »

« Conoscete le abitudini del dottore, signore » rispose Poole « e come se ne stia sovente in quel suo romitaggio. Ebbene, s'è di nuovo tappato dentro, e questo non mi convince, signore... Mi venga un colpo se mi convince. Signor Utterson, ho una paura matta. »

« Ora, mio caro Poole » disse l'avvocato « siate più esplicito. Di che cosa avete paura? »

« È stata una settimana di terrore » rispose Poole, evitando, cocciuto, di rispondere alla domanda « e non ce la faccio più. »

L'aspetto dell'uomo confermava ampiamente le parole. Il suo modo di fare era alterato non poco, e in peggio, tanto è vero che, all'infuori del momento in cui aveva esordito con le sue paure, non aveva guardato una sola volta in faccia l'avvocato. Anche adesso se ne stava imbambolato con il bicchiere di vino poggiato sul ginocchio, senza averci messo le labbra, gli occhi inchiodati a un angolo dell'impiantito. « No, non ce la faccio più » era il suo ritornello.

« Suvvia » disse l'avvocato « mi rendo conto che vi spinge un motivo serio e che c'è qualcosa che vi sconcerta. »

« Mi pare che ci sia sotto qualcosa di criminale » disse Poole con voce roca.

« Criminale! » esclamò l'avvocato alquanto spaventato e quindi propenso a perdere le staffe. « Come sarebbe a dire criminale? Cosa intendete dire? »

« Non oso parlarne » fu la risposta. « Ma perché non venite con me a rendervi conto di persona? »

Per tutta risposta il signor Utterson balzò in piedi agguantando cappello e cappotto, ma rimase trasecolato nel constatare l'immenso sollievo che si diffondeva sul volto del maggiordomo e, con non minore meraviglia, che il vino era intatto quando questi aveva deposto il bicchiere per seguirlo. Era una tipica notte di marzo, gelida e tempestosa, con una luna scialba e coricata sul dorso, come se il vento l'avesse sbalzata di seggio, e nubi sfrangiate che formavano un ordito quanto mai serico e opalescente. Era difficile parlare con quel vento che frustava il viso. Inoltre sembrava che avesse spazzato le strade, insolitamente deserte, così che il signor Utterson pensò che non aveva mai visto quella parte di Londra così spopolata. Avrebbe desiderato proprio il contrario, perché in vita sua non gli era mai capitato di provare un desiderio altrettanto cocente di vedere e di toccare i suoi simili. Per quanto cercasse di reagire, non riusciva a scrollarsi di dosso un terribile presentimento di sventura. Quando raggiunsero la piazzetta, era tutta un mulinare di vento e di polvere, mentre gli alberelli rachitici del giardino sferzavano con i rami la cancellata. Poole, che per tutto il tragitto aveva preceduto l'avvocato di un paio di passi, si piantò in mezzo al marciapiede e, malgrado il freddo tagliente, si tolse il cappello e si asciugò la fronte con un fazzoletto rosso. Sebbene avesse camminato di gran carriera, non stava detergendosi il sudore della fatica, ma l'essudazione di un'angoscia che gli serrava la gola, infatti s'era fatto bianco come un panno, e quando parlò emise una voce rotta e gutturale.

« Ebbene, signore » disse « siamo a destinazione e Dio voglia che non ci sia nulla di irreparabile. »

« Amen, Poole » disse l'avvocato.

Quindi il domestico bussò con circospezione. Si schiuse un battente, con la catenella tirata, e una voce dal di dentro domandò: « Siete voi, Poole? ».

« Tutto a posto » disse Poole. « Aprite pure. »

Quando entrarono, la sala d'ingresso era inondata di luce, un fuoco vigoroso ardeva nel camino attorno al quale c'era la servitù al gran completo, uomini e donne, addossati l'un l'altro come pecore. Alla vista del signor Utterson la cameriera scoppiò in un pianto isterico e la cuoca si slanciò innanzi come per abbracciarlo, gridando: « Dio sia benedetto! È il signor Utterson! ».

« Cosa vedo? Cosa vedo? Siete tutti qui? » disse l'avvocato con un tono di stizza. « È fuori delle regole, non è decoroso, non farebbe certo piacere al vostro padrone. »

« Sono impauriti » commentò Poole.

Seguì un silenzio di tomba, nessuno accennò a un moto di protesta e solo la cameriera riprese a gridare piangendo più forte di prima.

« Sta' zitta! » le ordinò Poole con una tale veemenza che rivelava la sua tensione nervosa. Difatti quando la ragazza aveva ripreso a lagnarsi ad alta voce, erano sobbalzati tutti volgendosi verso l'uscio che dava all'interno con un'espressione d'attesa spasmodica dipinta sul volto. « E ora » proseguì il maggiordomo rivolto allo sguattero « passami una candela e mettiamoci in azione. » Quindi pregò il signor Utterson di seguirlo e si diresse verso il giardino del retro.

« Ora, signore » disse « fate più piano che potete. Vorrei che voi udiste, senza farvi sentire. E ascoltatemi: anche se dovesse chiedervi di entrare, non lo fate. »

A questa conclusione inattesa, i nervi di Utterson vibrarono di una tale scossa da fargli quasi perdere l'equilibrio, ma fece appello al proprio coraggio e seguì il maggiordomo nell'ambiente del laboratorio e attraverso il teatro anatomico ingombro di casse e di ampolle, fino ai piedi della scala. Qui Poole gli fece cenno di mettersi in disparte e di tendere le orecchie, mentre lui stesso, posata la candela e con un immane, palese sforzo di volontà, salì gli scalini e bussò all'uscio felpato di rosso con mano esitante.

« Signore, c'è il signor Utterson che chiede di vedervi » disse a voce alta, e mentre parlava continuava a sbracciarsi per fargli capire di prestare orecchio.

Da dentro s'udì una voce lamentosa: « Digli che non posso vedere nessuno ».

« Grazie, signore » disse Poole con un'inflessione quasi trionfante nella voce, quindi, ripresa la candela, scortò di nuovo il signor Utterson attraverso il piazzale fino al cucinone, dove il fuoco era spento e gli scarafaggi scorrazzavano sull'ammattonato.

« Signore » disse, fissando il signor Utterson negli occhi « quella che avete udita vi sembra la voce del mio padrone? »

« Sembra assai cambiata » rispose il legale che aveva mutato colore, ma fissandolo a sua volta dritto negli occhi.

« Cambiata? Proprio così, ed è quello che penso io, signore » disse il maggiordomo. « Dopo vent'anni che sono in questa casa, potrei forse sbagliarmi sulla voce del mio padrone? No, signore, il padrone l'hanno fatto fuori, l'hanno fatto fuori otto giorni fa quando lo sentimmo invocare con tutta l'anima il nome di Dio, e *chi* sia là dentro invece di lui, e *perché*, è cosa che grida vendetta al cielo, signor Utterson! »

« È una vicenda molto strana, Poole, e delle più atroci, quella che mi raccontate » disse il signor Utterson mordicchiandosi le dita. « Mettiamo che sia come voi dite, che il dottor Jekyll sia stato... be', assassinato, perché mai chi l'ha ucciso resterebbe sul luogo del delitto? La faccenda non quadra ed è contro ogni logica. »

« Bene, signor Utterson, vedo che non è facile persuadervi, ma ci riuscirò » disse Poole. « Dovete sapere che per tutta la settimana lui, voglio dire quell'essere, o qualunque bestia sia quella che è rinchiusa nello studio, non ha fatto altro che lamentarsi piangendo ad alta voce e invocando una certa medicina che, una volta avuta, non gli andava più bene. Era un'abitudine, talvolta, anche del... padrone, cioè quella... di scrivere i suoi ordinativi su pezzetti di carta e gettarceli sulla scala. La settimana scorsa non ha fatto altro: un foglietto dopo l'altro e la porta sempre sbarrata; persino il cibo, che doveva essere lasciato sulla soglia, veniva ritirato furtivamente, quando non vedeva nessuno. Ebbene, tutti i giorni la medesima storia. Sì, anche due o tre volte al giorno si sono susseguiti ordini e lagnanze, e io a trottare di qua e di là, presso tutti i rivenditori di sostanze chimiche della città. Ogni volta che riportavo qualcosa, c'era un altro biglietto che mi ingiungeva di restituirla perché era impura, assieme ad un altro dispaccio per una ditta diversa. Di questo farmaco, ne ha un bisogno disperato, signore, qualunque sia lo scopo. »

« Avete ancora uno di quei pezzi di carta? » chiese il signor Utterson.

Poole si frugò nelle tasche e tirò fuori un foglietto gualcito e il legale, chinandosi al lume di candela, esaminò con cura lo scritto: "Il dottor Jekyll invia distinti ossequi ai Sigg. Maw, titolari della Ditta Maw. Li assicura che l'ultimo campione inviato non è raffinato e risulta quindi inutilizzabile allo scopo prefisso. Nell'anno 18 — il dottor Jekyll ne aveva comperata una buona quantità presso la loro ditta. Pertanto li prega ardentemente di verificare con la massima cura se esiste qualche rimanenza di detta sostanza e, in caso positivo, di inviargliela subito. Non fa questione di prezzo. La cosa è di vitale importanza per il dottor Jekyll". Fino a quel punto il tenore della missiva era pacato, ma proprio in chiusura uno spruzzo d'inchiostro lasciava intendere che l'emozione aveva avuto il sopravvento: "Per amor di Dio" suonava la postilla "rintracciatene un po' di quella vecchia".

« Una missiva sconcertante » disse il signor Utterson, quindi in tono brusco: « Perché si trova aperta fra le vostre mani? »

« Il commesso della ditta Maw era imbestialito, signore, e me l'ha ributtata indietro come fosse robaccia » rispose Poole.

« È la calligrafia del dottore, non c'è dubbio, vi sembra? » disse l'avvocato.

« Per assomigliare, le assomiglia » disse il domestico con sufficienza, poi con voce alterata. « Ma che importa la calligrafia? » disse. « L'ho visto con questi occhi! »

« L'avete visto! » gli fece eco il signor Utterson. « E allora? »

« Ecco com'è andata! » prese a narrare Poole. « Proprio a questo modo: un giorno m'era capitato di entrare all'improvviso nel teatro anatomico venendo dal giardino. Lui doveva essere uscito fuori a cercare quella droga, o di che altra diavoleria si tratta, perché la porta dello studiolo era aperta e lui era all'altro capo dello stanzone che frugava fra il pagliericcio e le casse. Al mio ingresso alzò lo sguardo, emise una specie di grido e salì molto in fretta le scale infilando l'uscio dello studio: questione d'un baleno, ma fu sufficiente a farmi rizzare i capelli come gli aghi d'un porcospino. Signore, se quello era il mio padrone, perché s'era messa una maschera sul volto? Se era proprio lui, perché al mio cospetto si era dileguato squittendo come un sorcio? Sono stato troppo a lungo al suo servizio! E poi... » Il domestico fece una pausa passandosi una mano sul volto.

« Sono circostanze davvero strane » disse il signor Utterson. « Ma forse comincio a intravedere un po' di chiarore. Il vostro padrone, Poole, è vittima di una di quelle infermità che ad un tempo torturano e deformano il corpo di chi ne è affetto. Di qui, per quanto ne so, la sua voce che non è più la stessa, di qui quella sorta di camuffamento e quel suo sottrarsi alle persone care e la frenesia di rintracciare il composto chimico in cui quell'anima derelitta ripone qualche speranza di guarigione... Dio voglia che non s'illuda! La mia spiegazione è questa, ed è abbastanza dolorosa, Poole, certo, e tremenda se ci si pensa. Ma è semplice e conforme ai dettami di natura, logica e conseguente, e ci libera da paure infondate. »

« Signore » disse il maggiordomo « quel coso non era il mio padrone, ecco come stanno le cose! Il mio padrone » e così dicendo si guardò attorno con circospezione, abbassando il tono della voce fino ad un sussurro « è un bel pezzo d'uomo, mentre quello era una specie di nano. » Utterson cercò di replicare. « Ma signore! » gridò Poole. « Credete forse che non conosca il mio padrone dopo vent'anni? E che non sappia dove gli arrivi il capo quando passa per la porta dello studiolo, in cui l'ho visto entrare giorno dopo giorno per quasi una vita? No, signore, quel coso camuffato non era assolutamente il dottor Jekyll... Dio solo sa chi fosse, ma non il dottor Jekyll, e me lo sento nel sangue che è stato commesso un delitto. »

« Poole » rispose l'avvocato « se dite questo, sarà mio dovere accertarmene. Per quanto desideri rispettare le volontà del vostro padrone, per quanto questo biglietto, che sembra dimostrare che è ancora in vita, mi lasci ancora un margine di dubbio, considero mio dovere forzare quell'uscio. »

« Ah! Signor Utterson, questo sì che si chiama parlare! » gridò il maggiordomo.

« Veniamo al secondo punto » proseguì Utterson. « Chi lo deve fare? »

« Ma voi e io, signore » rispose Poole con determinazione.

« Ben detto » disse a sua volta l'avvocato « e qualunque cosa accada, mi assumo la responsabilità anche per voi. »

« Nel teatro anatomico c'è un'accetta » proseguì Poole. « Voi potete prendere l'attizzatoio di cucina. »

L'avvocato afferrò quell'arnese greve e massiccio e lo soppesò fra le mani. « Vi rendete conto, Poole » disse alzando lo sguardo « che ci stiamo imbarcando in un'impresa alquanto pericolosa? »

« Potete ben dirlo, signore » rispose Poole.

« A questo punto è bene vuotare il sacco fino in fondo » disse l'altro. « Ad entrambi ci frulla in testa qualcosa che non abbiamo detto esplicitamente. Parliamoci chiaro: quella figura mascherata che avete visto, l'avete riconosciuta? »

« Be', signore, quel coso sgattaiolò via così lesto e talmente rincagnato su se stesso, che non potrei giurarlo » rispose. « Ma se con questo volete alludere al signor Hyde, certo, sì, credo che si trattasse di lui! Vedete, era più o meno della sua statura e aveva lo stesso modo di muoversi rapido e agile. E poi, chi altri avrebbe potuto introdursi qui passando dalla porta del laboratorio? Non avrete di sicuro scordato, signore, che al tempo del delitto egli aveva ancora la chiave. Ma non è tutto; voi, signore, avete mai incontrato il signor Hyde? »

« Sì » disse l'avvocato « mi è capitato di parlarci una volta. »

« Allora saprete come tutti noi che quel signore aveva un che di strano... un qualcosa che vi provocava... non so come dire, fin dentro alle ossa... una puntura gelida e penetrante. »

« Anch'io ho provato una sensazione analoga » disse il signor Utterson.

« Proprio così, signore » riprese Poole. « Quando quel coso mascherato si mise a saltellare con l'agilità di una scimmia fra le apparecchiature del laboratorio e da ultimo balzò dentro lo studiolo, avvertii un brivido di gelo lungo la spina dorsale. Oh, so bene che non è una prova attendibile, questa, signor Utterson, ma ognuno di noi le cose le sente, e vi assicuro, in fede mia, che quello era il signor Hyde. »

« Sì, sì » disse l'avvocato. « È quel che temo anch'io.

Quel legame sorto dal male... non poteva che portare al male. Sì, in verità, vi credo. Sono convinto anch'io che il povero Harry sia stato ucciso e non ho più dubbi che il suo assassino, e Dio solo può dire il perché, sia rintanato nello studio della sua vittima. Bene, la vendetta sarà il nostro motto. Ora chiamate Bradshaw. »

Quando arrivò, il valletto era terreo, i nervi a fior di pelle.

« Fatevi coraggio, Bradshaw » disse l'avvocato. « Mi rendo conto che questa attesa spasmodica vi mette in uno stato di agitazione, ma abbiamo deciso di venire al dunque. Poole e io stiamo per forzare la porta dello studio. Se risulta tutto secondo le regole, credo di avere le spalle abbastanza larghe per accollarmi l'onta di questa azione. Ma nel caso che sia veramente successo qualcosa, per evitare che il lestofante ci scappi dalla porticina che dà sul retro, voi e lo sguattero andrete a mettervi al varco dietro la porta del laboratorio, appena girato l'angolo, con un paio di robusti randelli. Avete una decina di minuti per raggiungere il posto. »

Appena Bradshaw uscì, l'avvocato consultò l'orologio: « Ora, Poole, tocca a noi » disse, e con l'attizzatoio sotto braccio lo precedette nel cortile. La luna sembrava essere divenuta l'approdo di una fitta nuvolaglia, faceva un buio pesto. Il vento che s'ingolfava nell'incavo profondo di quel pozzo fra le case con tenui folate, faceva vacillare la fiamma della candela confondendo i loro passi. Alla fine giunsero al riparo nella sala d'anatomia e si sedettero zitti ad aspettare. Tutt'intorno s'udiva il brontolio solenne di Londra, ma più d'appresso la quiete era rotta da uno scalpiccio che andava avanti e indietro sul pavimento dello studiolo.

« Fa sempre così, tutto il santo giorno, signore » bisbigliò Poole « e la gran parte della notte. Solo quando gli portano un genere nuovo di quella roba, ha un po' di tregua. Ah, è la sua coscienza nera che non gli dà requie! Ah, signore, ognuno di quei passi gronda del sangue che ha versato! Ecco, ascoltate bene, un po' più vicino... ascoltate con tutta l'anima, signor Utterson, e ditemi: vi sembrano questi i passi del dottore? »

Per quanto lenti, i passi si posavano con una curiosa elasticità e una certa cadenza; erano tutt'altra cosa dalla camminata greve e crepitante di Henry Jekyll. Utterson emise un sospiro: « Avete mai sentito altro? » chiese.

Poole fece cenno di sì. « Una volta » disse « una volta ho sentito che piangeva! »

« Piangeva? E come? » domandò sentendosi addosso un fremito di orrore.

« Piangeva come una donna o un'anima persa » disse il maggiordomo. « Mi allontanai con il cuore così gonfio, che mi sarei messo a piangere anch'io. »

Ormai il tempo stringeva. Poole tirò fuori l'ascia da sotto un mucchio di ricci da imballaggio; posarono la candela sul tavolo più vicino in modo da far luce durante l'assalto e si avvicinarono col fiato sospeso fin dove quell'indomito passo percorreva la stanza su e giù, giù e su nella notte silente.

« Jekyll » gridò Utterson a gran voce. « Chiedo di vederti. » Stette un attimo in ascolto, ma non ci fu risposta. « Ti avverto lealmente: abbiamo dei sospetti, devo vederti e ti vedrò » quindi proseguì « con le buone o con le cattive... se non ce lo permetti, ricorreremo alla forza! »

« Utterson » disse la voce « per amor di Dio, abbi misericordia! »

« Ah, questa non è la voce di Jekyll, ma quella di Hyde! » gridò Utterson. « Giù la porta, Poole. »

Poole vibrò l'ascia sollevandola fin sopra la spalla.[32] Il colpo fece rintronare l'edificio, la porta felpata di rosso sussultò sull'ancoraggio dei cardini e della serratura. Nello studiolo echeggiò uno strillo agghiacciante, come di un animale braccato dalla paura. L'ascia fu vibrata ancora e di nuovo i battenti scricchiolarono e la struttura dette un sobbalzo. S'abbatterono quattro colpi, ma il legno era compatto e solide le connessure. Fu solo il quinto fendente che fece saltare la serratura e rovinare l'intelaiatura all'interno, sul tappeto.

Frastornati dal loro stesso empito tumultuoso, e dalla quiete subitanea che era succeduta, i due arretrarono un po' frugando all'interno con lo sguardo. Dinnanzi ai loro occhi s'apriva il gabinetto scientifico del dottore nella luce immobile della lampada: nel camino ardeva scoppiettando un fuoco gagliardo; la teiera emetteva il proprio fischio canterino, un paio di cassetti erano semiaperti, ben ordinate sullo scrittoio giacevano le carte e accanto al fuoco l'occorrente per il tè. Se non fosse stato per le vetrine stracolme di prodotti chimici, la si sarebbe detta la stanza più tipica e tranquilla nella Londra notturna.

Proprio in mezzo alla stanza c'era riverso il corpo d'un uomo orribilmente contratto e ancora scosso dagli spasimi dell'agonia. S'accostarono in punta di piedi, lo rigirarono sul dorso e videro la faccia di Edward Hyde. Indossava degli abiti stazzonati, esorbitanti per la sua corporatura smilza, adatti piuttosto a una taglia come quella del dottore. I muscoli del volto si contraevano ancora in una parvenza di vita, anche se la vita s'era ormai dileguata. Dalla fiala infranta che stringeva ancora in mano e dall'odore intenso di mandorle che stagnava nell'aria, Utterson capì che stava osservando il corpo di uno che si era tolto la vita.[33]

« Siamo arrivati troppo tardi » disse in tono grave « sia per salvare che per castigare. Hyde è andato a render conto dei suoi peccati. Non ci resta che scoprire dove è la salma del vostro padrone. »

Quasi tutto l'edificio consisteva nell'anfiteatro anatomico, grande quanto il pianoterra; il quale prendeva luce da un lucernario e dallo studiolo; quest'ultimo costituiva infatti una specie di soppalco le cui finestre davano sul cortile. La sala d'anatomia era in comunicazione con la porta che si apriva sulla stradina mediante un angusto corridoio, il quale serviva a sua volta anche lo studiolo tramite una seconda rampa di scale. C'erano inoltre alcuni bugigattoli e un ampio scantinato. Setacciarono tutti questi locali da cima a fondo. I primi, vuoti com'erano, richiesero poco tempo, anche perché dalla polvere sollevata aprendo gli usci, era facile arguire che erano rimasti chiusi da tempo. La cantina invece era ingombra delle più impensabili carabattole, in gran parte sedimentate laggiù sin dai tempi del chirurgo che aveva abitato la casa prima di Jekyll. Ma quando scostarono la porta, il distacco d'un vasto lacerto di ragnatele [34] che per anni aveva suggellato quell'ingresso, fu il segno inequivocabile che ogni altra ricerca sarebbe stata vana. Da nessuna parte c'era traccia di Jekyll, vivo o morto che fosse.

Poole tentò con il tacco l'ammattonato del corridoio: « Deve essere sepolto qui » disse tendendo l'orecchio al suono cavo.

« Oppure è fuggito » disse Utterson, andando a verificare la porta che dava sulla stradina. Questa era inchiavardata e per terra, nella connessura dei mattoni, trovarono la chiave mezza intaccata dalla ruggine.

« Non sembra che sia stata usata » osservò l'avvocato.

« Usata ?» fece eco Poole. « Non avete notato, signore, che è rotta, come se l'avessero schiantata? »

« Ah » proseguì Utterson « anche dove si è rotta porta la ruggine. »

I due si scambiarono uno sguardo pieno di paura. « Questo è troppo, Poole » disse l'avvocato « torniamo nello studiolo. »

Salirono le scale ammutoliti e quindi, data un'occhiata di raccapriccio al cadavere, procedettero ad un esame più accurato di quanto conteneva il gabinetto. Su di un tavolino c'erano segni evidenti di una qualche operazione chimica: diversi mucchietti dosati di un sale biancastro colmavano altrettanti scodellini di vetro, come per un esperimento che l'infelice avesse dovuto interrompere.

« Ecco la droga che continuavo a portargli » disse Poole, e mentre parlava l'ebollizione fece traboccare la teiera con uno sfrigolio che li fece trasalire.

Si volsero d'istinto verso il caminetto dov'era il confortevole approdo della poltrona e l'occorrente per il tè a portata di mano di chi vi fosse seduto, compresa la tazza già zuccherata. Una scansia conteneva vari volumi, uno di questi era aperto accanto agli ammennicoli del tè. Utterson rimase allibito nel constatare che si trattava di un'opera devozionale per la quale Jekyll aveva espresso più volte la propria incondizionata ammirazione, ma che recava sui margini incredibili bestemmie annotate di sua mano.

Nel corso della verifica a cui stavano sottoponendo l'ambiente, s'imbatterono nello specchio a cavalletto nel cui abisso gettarono uno sguardo pieno di orrore. Ma esso era inclinato in modo da riflettere solo il riverbero rossatro che si muoveva sul soffitto, il guizzo del fuoco che rimbalzava all'infinito sui vetri delle teche e i loro stessi sembianti pallidi e scorati che si protendevano a guardare.

« Questo specchio è muto testimone di strane cose, signore » bisbigliò Poole.

« Anche se la sua presenza qui è la più strana di tutte » gli fece eco l'avvocato nello stesso tono. « Perché mai Jekyll... » s'interruppe con un sussulto su quel nome, e quindi, con uno sforzo di volontà « Che se ne faceva Jekyll d'uno specchio come questo? »

« È quello che mi domando anch'io » disse Poole.

Si volsero quindi alla scrivania sul cui ripiano, tra le carte disposte con ordine meticoloso, spiccava una busta rigonfia sul cui dorso la mano del dottore aveva vergato il nome del signor Utterson. Il legale fece saltare il sigillo e mentre l'apriva diversi fogli volarono per terra. Il primo era un testamento redatto negli stessi termini bislacchi di quello che aveva già respinto, il quale doveva attestare le ultime volontà in caso di decesso, e servire come atto di donazione in caso di scomparsa; ma al posto del nome di Edward Hyde l'avvocato lesse, al colmo dello sbigottimento, quello di Gabriel John Utterson. Questi guardò Poole, poi di nuovo il documento, e per ultimo quel manigoldo stecchito sull'impiantito.

« Mi fa perdere il cervello » disse. « L'ha avuto a portata di mano tutti questi giorni, e dire che non gli ero certo simpatico; deve essere andato su tutte le furie nel vedersi messo da parte; eppure non ha distrutto il testamento. »

Raccolse un'altra carta. Era una minuta scritta dal dottore con la data in cima al foglio. « Oh, Poole! » gridò l'avvocato.

« Era qui, ancora in vita, oggi stesso. Non possono averlo fatto sparire in così breve tempo; deve essere ancora vivo. O forse è fuggito! Ma perché fuggito? E in che modo? E in questo caso, possiamo arrischiarci a denunciare quanto è successo come un suicidio? Oh, dobbiamo usare cautela, altrimenti potremmo coinvolgere il vostro padrone in qualche sciagura funesta. »

« Perché non leggete, signore? » chiese Poole.

« Perché mi fa paura » rispose l'avvocato con austero cipiglio. « Dio voglia che non ne abbia il motivo. » Così dicendo si avvicinò il foglio fin sotto gli occhi e lesse quanto segue:

Mio caro Utterson,
quando avrai fra le mani questo foglio sarò già scomparso, anche se non posso prevedere in qual modo; ma l'istinto e la situazione innominabile in cui mi trovo, mi dicono che ormai incombe una fine sicura e imminente. Vai dunque, e leggi il memoriale che Lanyon, a quanto mi disse, deve avere affidato alle tue mani, e se vuoi avere ulteriori ragguagli, puoi ricorrere alle confessioni del
tuo immeritevole e infelice amico

Henry Jekyll

« C'era anche un terzo allegato? » chiese Utterson.

« Eccolo, signore » disse Poole, passandogli un plico voluminoso e sigillato in più punti.

L'avvocato se l'infilò in tasca: « Preferirei che non se ne facesse parola con nessuno. Se il vostro padrone è fuggito o è deceduto, cerchiamo almeno di salvare la sua reputazione. Sono le dieci. Corro a casa a leggermi con calma questi documenti. Sarò di ritorno prima di mezzanotte e allora manderemo a chiamare la polizia ».

Uscirono mettendo sotto chiave il teatro anatomico. Lasciata la servitù ancora raccolta attorno al fuoco, Utterson trascinò le gambe fino al suo studio per leggere i due memoriali che gli avrebbero svelato il mistero.

Quattro giorni or sono, il nove gennaio, ricevetti con la posta del pomeriggio una lettera raccomandata il cui indirizzo rivelava la calligrafia del mio collega, e vecchio compagno di scuola, Henry Jekyll. Ne fui sorpreso non poco poiché non avevamo mai avuto l'abitudine di ricorrere a scambi epistolari. Oltretutto l'avevo incontrato la sera prima trattenendomi con lui a cena, e, per quanto potessi immaginare, non c'era nulla nei nostri rapporti che richiedesse una simile procedura formale. Il contenuto della missiva aumentò il mio stupore. Ecco infatti quel che vi era scritto:

Addì, 10 dicembre 18 –

Caro Lanyon,
sei uno dei miei più vecchi amici, e per quanto ci siano stati fra noi dissapori per questioni scientifiche, non rammento, almeno da parte mia, che il nostro affetto sia mai venuto meno. Non c'è stato un attimo in cui, se mi avessi gridato: 'Jekyll, la mia vita, l'onore, il senno, dipendono da te', non avrei sacrificato la mia fortuna e la mia mano sinistra per venirti in aiuto. Lanyon, la mia vita, l'onore, il senno sono alla tua mercé. Se mi viene meno il tuo soccorso, questa notte, sono finito. Da questo preambolo può venirti il sospetto che stia per chiederti un'azione disonorevole. Lascio a te giudicare.

Voglio che questa notte tu rinvii ogni altra incombenza... sì, anche se tu fossi convocato al capezzale di un imperatore; che tu prenda a nolo un calesse, se non hai già la carrozza al portone, e corra senza indugio a casa mia con questa lettera che ti guiderà nei movimenti. Poole, il maggiordomo, ha ricevuto istruzioni in proposito e lo troverai ad attenderti con un fabbro. Dovrete forzare la porta del mio gabinetto scientifico, ma sarai tu solo ad entrare. Aprirai quindi la vetrina sulla parete sinistra contrassegnata dalla lettera E, facendo saltare la serratura se fosse chiusa, e ne estrarrai il quarto cassettino dall'alto con tutto il suo contenuto così come si trova, *oppure, il che è lo stesso, il terzo dal basso. Nella mia folle disperazione ho l'insano terrore di fornirti istruzioni errate, ma anche se dovessi sbagliare, riconoscerai il cassettino da quel che contiene: alcune polveri, una fiala, un taccuino. Ti prego di portare con te, a Cavendish Square, questo contenitore, così come lo troverai.*

Dopo la prima parte del favore che ti chiedo, viene la seconda. Se ti metti in cammino appena ricevuta la presente, dovresti essere di ritorno molto prima della mezzanotte. Ho calcolato un buon lasso di tempo non solo per tema di uno di quegli intoppi imprevedibili e inevitabili, ma anche perché è preferibile scegliere, per il resto dell'operazione, un'ora in cui la servitù si sia già ritirata. Pertanto debbo chiederti di farti trovare solo, a mezzanotte, nel tuo ambulatorio dove accoglierai un tale che ti si presenterà adducendo il mio nome e al quale consegnerai il contenitore prelevato nel mio studio. A questo punto avrai compiuto un'azione per la quale ti sarò perennemente grato. Se tu dovessi insistere per avere spiegazioni, cinque minuti dopo ti renderai conto che tutti questi particolari sono d'una importanza decisiva, e che il trascurarne anche uno solo potrebbe far ricadere sulla tua coscienza, per quanto bizzarro possa apparire, la mia morte o il naufragio della mia mente.

Il solo pensiero di una simile evenienza mi provoca un tuffo al cuore e mi fa tremare i polsi, anche se credo fermamente che non prenderai alla leggera la mia supplica. In questa ora rivolgi il tuo pensiero all'amico che pencola in strani luoghi e sotto i triboli di una angoscia che nessuna immaginazione riuscirebbe a concepire, seppure nella consapevolezza che queste pene, solo che tu voglia seguire le mie istruzioni, svaniranno come l'incubo alla fine di una favola. Viemmi in soccorso, caro Lanyon, e salva
il tuo amico

H.J.

P.S. Avevo già chiuso la presente quando mi son sentito raggelare il sangue da un nuovo timore. Può darsi che le poste mi tradiscano e che questa mia non ti arrivi prima di domani mattina. In questo caso, caro Lanyon, esegui la prima parte dell'operazione durante la giornata, quando ti torna meglio, e attendi, come pattuito, il mio emissario di mezzanotte. Può darsi che allora sia già troppo tardi e se la notte trascorre senza che succeda nulla, saprai di aver visto per l'ultima volta Henry Jekyll.

Nel leggere la missiva, mi convinsi che il mio collega aveva perso il lume dell'intelletto; tuttavia, nell'attesa di esserne certo oltre ogni ragionevole dubbio, mi sentii in obbligo di eseguire quanto mi veniva richiesto. E quanto più mi trovavo irretito in quel guazzabuglio, tanto meno ero in grado di valutarne l'entità. D'altra parte mi sarei assunto una responsabilità troppo pesante se avessi deciso di trascurare un appello redatto in questi termini. Come richiesto, dunque, mi alzai dallo scrittoio, presi a nolo un calesse e mi diressi a casa di Jekyll. Trovai ad attendermi il maggiordomo, avvertito anche lui nello stesso giro di posta da una raccomandata con relative istruzioni, il quale aveva fatto subito chiamare un fabbro e un falegname. I due artigiani ci raggiunsero mentre discorrevamo ancora sulla soglia di casa. Ci dirigemmo in gruppo verso la sala chirurgica del defunto dottor Denman dalla quale, come saprai, s'accede direttamente allo studiolo privato di Jekyll. La porta era solida e la serratura un capolavoro. Il falegname sentenziò che per forzare l'uscio avrebbe dovuto penare non poco e provocare gravi danni. Il fabbro si mise le mani nei capelli, ma aveva il fiuto del magnano, e in capo a un paio d'ore l'uscio finì per cedere. La teca contrassegnata dalla lettera E era aperta per cui, estratto il cassettino, lo riempii di paglericcio, l'avvolsi in un foglio e me lo portai a Cavendish Square.

Qui cominciai a esaminare il contenuto. Le polverine erano incartate con cura, ma non con la destrezza manuale del vero farmacista, dal che arguii che erano state manipolate dallo stesso Jekyll. Quando scartai una bustina, ebbi l'impressione che fosse un sale cristallino, di color bianco, comune. La fiala alla quale volsi quindi la mia attenzione era piena per metà d'un liquido rosso sanguigno, dall'odore assai penetrante e che doveva contenere fosforo e un etere volatilizzabile. Non potrei fare alcuna ipotesi sugli altri ingredienti. Quanto al taccuino, era uno di quelli usuali, e vi era annotata una serie di date e qualche riferimento occasionale. Le date coprivano un arco di tempo di diversi anni, ma osservai che le registrazioni s'interrompevano bruscamente un anno fa. Qua e là le date erano corredate da una nota, in genere condensata in una parola: « doppio » ricorreva un sei volte su un totale di parecchie centinaia di registrazioni; ed una volta, proprio agli inizi della serie, seguita da diversi punti esclamativi, l'espressione « fiasco completo!!! ». Per quanto tutto ciò stuzzicasse la mia curiosità, non mi suggeriva alcunché di preciso. Il tutto si riduceva ad una fiala di liquido colorato, un calepino, alcune dosi di sali e le annotazioni di una serie di esperimenti che Jekyll aveva effettuato senza alcun fine di pratica utilità come tante, troppe sue ricerche. Perché mai l'onore, la sanità mentale, perfino la vita del mio volubile compagno dipendevano dalla presenza di questi oggetti in casa mia? Perché il suo messo poteva recarsi indisturbato in un luogo e non in un altro? Pure concedendogli remore di un qualche genere, perché costui avrebbe dovuto farsi ricevere nel massimo segreto? Più ci almanaccavo sopra e più entravo nella convinzione che avevo a che fare con un caso di squilibrio mentale. Sebbene avessi fatto ritirare la servitù nei loro alloggi, caricai la mia vecchia pistola nel caso mi fossi trovato nella condizione di dovermi difendere.

Non s'era ancora spenta su Londra l'eco dell'ultimo rintocco di mezzanotte, quando bussarono con discrezione alla porta. Andai io stesso ad aprire e scorsi un uomo minuto, rincantucciato contro una colonna del portico.

« Venite da parte del dottor Jekyll? » chiesi.

Mi rispose di sì con una mossa goffa e quando lo invitai ad entrare, mi obbedì gettando prima un'occhiata indagatrice dietro le spalle, nella piazza tenebrosa. A non molta distanza c'era un poliziotto che veniva verso di noi con la sua lanterna cieca; alla vista di costui mi sembrò che il mio visitatore trasalisse e s'affrettasse a sgattaiolare dentro.

Ammetto che questi particolari mi colpirono in modo sgradevole e finché lo scortai nel mio ambulatorio ben illuminato, tenni costantemente la mano sulla pistola. Qui finalmente riuscii a vederlo per bene. Fui subito sicuro di non essermi mai imbattuto in lui prima di allora: era piccoletto, come ho avuto modo di dire, ma quel che mi colpì fu soprattutto la conturbante espressione del volto, la coesistenza abnorme di una eccezionale vigoria muscolare con un'evidente fragilità di costituzione, e per ultimo, ma non meno impressionante, il malessere inspiegabile che mi provocava la sua vicinanza. Un malessere che si manifestava con sintomi analoghi ad un principio di irrigidimento degli arti [35] e un'accentuata decelerazione del battito cardiaco. Lì per lì l'attribuii a una qualche idiosincrasia, a una repulsione del tutto soggettiva, meravigliandomi semmai dell'acutezza dei sintomi; ma poi ebbi ragione di credere che la causa giaceva negli stadi più profondi della natura umana e faceva leva su ben altri principi che non fosse quello dell'odio. Questo uomo, che aveva suscitato in me sin dal suo primo apparire un sentimento ambiguo, una curiosità frammista a disgusto, era vestito in un modo che avrebbe resa grottesca ogni altra persona. Voglio dire che i suoi abiti, sebbene fossero di fattura sobria e raffinata, erano smisuratamente grandi per lui... i pantaloni gli ciondolavano sulle gambe ed erano rimboccati in fondo per non strusciare per terra, la vita della giubba gli arrivava alle anche, il colletto gli ballonzolava sulle spalle. Strano a dirsi, ma quel suo grottesco sguazzare nei vestiti era ben lungi dal farmi ridere. Al contrario, così come nell'essenza stessa della creatura che avevo di fronte c'era qualcosa di anormale e di contraffatto, qualcosa che destava stupore, curiosità e ripugnanza ad un tempo, questa nuova bizzarria sembrava coincidere proprio con quelle sensazioni e addirittura renderle più pregnanti. Di conseguenza al mio interesse circa la natura e l'indole dell'uomo, s'aggiungeva ora la curiosità di sapere qualcosa sulle origini, la vita, le sostanze e la posizione sociale.

Per quanto mi ci sia voluto molto spazio per riferire queste osservazioni, nella realtà fu un lavorio mentale di qualche secondo. Il mio ospite sembrava stare sui tizzoni ardenti, scosso da una cupa agitazione.

« Ce l'avete? » gridò. « Ce l'avete? » La sua impazienza era tale che giunse al punto di posarmi una mano sul braccio come per scuotermi. Lo respinsi, ma al suo contatto avvertii un brivido di gelo scorrermi nelle vene. « Prego, signore » dissi. « Dimenticate che non ho ancora il piacere di conoscervi; accomodatevi, prego. » Gli diedi l'esempio sedendomi per primo nella mia poltrona e simulando il modo di fare abituale che ho con i pazienti, per quanto me lo consentivano l'ora tarda, la natura della mia inquietudine e l'orrore che il visitatore mi incuteva.

« Vi chiedo scusa, dottor Lanyon » mi disse con fare abbastanza educato. « Quel che dite è più che giusto, la mia impazienza ha messo alla porta la buona creanza. Sono venuto su incarico del vostro collega, il dottor Jekyll, per una questione piuttosto seria, m'è sembrato d'intendere... » fece una sosta portandosi le mani alla gola e compresi che, malgrado la forzata compostezza stava lottando contro un attacco isterico. « Ho inteso, un cassetto... »

A questo punto provai un senso di pena per l'attesa spasmodica del mio visitatore e un po' per la mia crescente curiosità.

« Eccolo, signore » dissi, indicandogli il cassetto che giaceva sul pavimento dietro il tavolo, ancora coperto dal foglio.

Fece un salto, poi s'arrestò portandosi la mano al cuore; udii che arrotava i denti sotto la pressione convulsa delle mascelle mentre sul suo volto si stendeva un'ombra talmente spettrale, che temetti per la sua vita e la luce della ragione.

« Calmatevi » dissi.

Si volse ostentando il ghigno d'un sorriso e, come se fosse mosso dall'impulso della disperazione, tirò via il foglio. Alla vista del contenuto emise un unico, profondo singulto saturo di sconfinato sollievo, tanto che rimasi di sasso. Un attimo dopo, con una voce ormai sotto controllo: « Avete una provetta graduata? » mi chiese.

M'alzai dalla sedia con un certo sforzo e gli porsi quanto mi aveva domandato. Lui mi ringraziò sorridendo, con un cenno d'assenso. Poi misurò qualche goccia del liquido sanguigno versandovi la polvere di una cartina. La miscela, che da principio aveva un colore rossastro, cominciò ad assumere brillantezza via via che i cristalli si scioglievano, a diventare effervescente con un intenso sfrigolio e ad emanare lievi spire di vapore. Ad un tratto l'ebollizione cessò e nello stesso istante la soluzione si fece viola scuro per trascolorare ancora, e più lentamente, in un verde acquamarina.[36] Il visitatore, il quale aveva seguito quei mutamenti con un'accesa partecipazione, sorrise, depose il bicchiere graduato sul tavolino, quindi si volse verso di me con occhio indagatore.

« Ora » disse « spicciamo il resto. Volete essere ragionevole? Volete lasciar fare a me? Permetterete che prenda questo bicchiere e me ne vada senza ulteriori spiegazioni? Oppure la curiosità avrà il sopravvento su di voi? Prima di rispondere pensateci bene, perché avverrà come voi vorrete. A seconda della vostra scelta, resterete come eravate prima, né più ricco né più saggio, a meno che si possa considerare una ricchezza dell'animo la coscienza di aver teso una mano ad un essere in pericolo mortale. Oppure dinnanzi a voi si schiuderanno nuovi regni del sapere e nuove prospettive di fama e di potenza: tutto avverrà qui, in questa stanza, subito. Un prodigio, capace di scuotere l'incredulità di Satana, vi folgorerà lo sguardo. »

« Signore » risposi ostentando un sangue freddo che non avevo affatto « voi parlate per enigmi e non vi stupirete forse, se vi dico che vi ascolto prestando tenue fiducia alle vostre parole. In realtà sono andato troppo oltre sulla strada di questi servigi inesplicabili per fermarmi prima di vedere la conclusione. »

« Sta bene » fu la replica del visitatore. « Ma ricordate il giuramento: quanto avverrà è coperto dal segreto professionale. E ora, voi che siete rimasto ancorato per tanto tempo ai canoni più meschini e materiali, voi che avete negato la virtù della medicina trascendentale, voi che avete schernito chi era superiore... Guardate! »

Si portò il bicchiere alle labbra e trangugiò il contenuto tutto d'un fiato. Seguì un grido; cominciò a vacillare, a barcollare; s'aggrappò al tavolo, che divenne il suo sostegno, strabuzzando gli occhi iniettati di sangue, boccheggiando nell'ansimo; e sotto il mio sguardo avvenne, mi parve, una metamorfosi... sembrava acquistare turgore... il volto tumefatto all'improvviso, i lineamenti che si dissolvevano cangiando... un attimo dopo scattavo in piedi e con un balzo m'addossavo alla parete alzando le braccia per proteggermi da quel prodigio, l'animo annegato nel terrore.

« Oh Dio! » urlai, e di nuovo, più volte, « Dio! Dio » perché là, dinnanzi ai miei occhi... pallido, tremebondo, emergente dal deliquio, le mani che annaspavano innanzi a sé come uno che si svincoli dalla morte... c'era Henry Jekyll!

Non sono mai riuscito a consegnare a un foglio quel che mi raccontò nell'ora seguente. Vidi quel che vidi, udii quel che udii e la mia anima ne fu trafitta. Ancor oggi, che quella vista s'è dissolta al mio sguardo, continuo a chiedermi se debbo crederci, e non so dare una risposta. La mia vita è rimasta scossa fino alle radici. Il sonno mi ha abbandonato, giorno e notte mio inseparabile custode è un terrore mortale. Sento che ho i giorni contati e che la fine mi sovrasta, eppure muoio nell'incredulità. Quanto allo sfacelo morale su cui quell'uomo volle alzare un velo impietoso, seppure con le lacrime del penitente, quella vista s'affaccia alla mia riluttante memoria accompagnata ogni volta da un sussulto d'orrore. Voglio dire un'unica cosa, Utterson, e solo che tu ci possa credere sarà bastevole: per confessione stessa di Jekyll, la creatura che quella notte s'insinuò in casa mia rispondeva al nome di Hyde, ed era ricercata in ogni angolo del paese come l'assassino di Carew.

Hastie Lanyon

Relazione completa di Henry Jekyll sul proprio caso

Sono nato nell'anno 18— erede di cospicue sostanze, dotato per altro di eccellenti requisiti, portato per natura alla laboriosità, desideroso del rispetto dei migliori e più saggi fra i miei simili, e pertanto, come si potrebbe supporre, con tutte le carte in regola per un futuro di prestigio e di onori. In verità il mio peggior difetto era una certa irrequieta gaiezza di temperamento, che può aver fatto la felicità degli altri, ma che in me stentava a conciliarsi con il desiderio categorico di andare a testa alta e di esibire agli occhi della gente un'autorevolezza inusitata. Di qui ebbe origine l'abitudine a celare i miei piaceri, tanto è vero che quando raggiunsi l'età della riflessione, e cominciai a guardarmi attorno per fare un inventario dei miei progressi e della mia posizione nel mondo, mi ritrovai già coinvolto in una radicata doppiezza esistenziale. Molti avrebbero addirittura tratto vanto dalle intemperanze che imputavo a me stesso, ma per le alte mire che mi ero proposto non potevo non occultarle con un senso di vergogna che sfiorava la morbosità. Perciò dovrà attribuirsi all'esosa natura delle mie aspirazioni, piuttosto che a particolari indulgenze all'errore, l'essere quel che sono stato, e soprattutto se un solco più profondo di quanto in genere avvenga nella maggioranza degli uomini, venne a separare in me quei dominii del bene e del male in cui si spacca, e di cui si compone ad un tempo, la duplice natura dell'uomo. In questo stato ero indotto a profonde, estenuanti meditazioni su quella dura legge della vita che costituisce il nocciolo della religione e che è una delle più roride fonti di dolore. Per quanto così doppio nell'intimo, non ero in alcun modo un ipocrita; i miei due versanti coesistevano in perfetta buona fede; e quando deponevo ogni ritegno per tuffarmi nell'infamia, ero me stesso né più né meno di quando m'affaticavo, alla luce del giorno, per incrementare il sapere o per portare sollievo alla sofferenza. Accadde così che l'orientamento dei miei studi scientifici, volti interamente al mistico e al trascendentale, finirono per reagire gettando una luce più intensa sulla consapevolezza di una diuturna conflittualità fra le mie due dimensioni. Giorno dopo giorno, e attraverso le due entità del mio spirito, quella morale e quella intellettuale, mi avvicinai sempre più a quella verità la cui parziale scoperta mi condannò a una spaventosa catastrofe, e che riconosce come l'uomo non sia unico, bensì duplice. Duplice, appunto, poiché il grado della mia conoscenza non va oltre quella soglia. Altri proseguiranno sulla stessa strada, destinati a sorpassarmi; a me non resta che formulare la rischiosa ipotesi secondo la quale l'uomo sarà conosciuto come un sistema di entità multiformi, incongrue e indipendenti. Da parte mia, facendo aggio sulla natura della mia esistenza, ho progredito senza deviazioni in una direzione soltanto. È stato in campo morale e basandomi unicamente sulla mia persona che ho imparato a riconoscere il dualismo intrinseco e primordiale dell'uomo. Vidi che, se potevo considerarmi con legittimità sia l'uno che l'altro dei due esseri che si dilaniavano nella mia coscienza, ciò era dovuto unicamente al fatto che ero ambedue fin nei precordi del mio intimo. Da tempo immemorabile, prima ancora che il corso delle mie ricerche scientifiche avesse cominciato a farmi baluginare innanzi la seria possibilità di un tale miracolo, avevo preso l'abitudine di compiacermi, quasi un sogno ad occhi aperti, al pensiero della scissione di questi elementi. Pensavo che se ognuno di questi avesse potuto essere confinato in un'entità separata, allora la vita stessa avrebbe potuto sgravarsi di tutto ciò che è insopportabile: l'ingiusto avrebbe potuto seguire la propria strada di nequizie, svincolato dalle aspirazioni e dalle pastoie del virtuoso gemello; al giusto sarebbe stato dato altresì di procedere spedito e sicuro nel suo nobile intento, compiendo quelle buone azioni che lo avessero gratificato, senza essere più esposto alla gogna e al vituperio di un sordido compagno a lui estraneo. Era una maledizione del genere umano che questo eteroclito guazzabuglio dovesse così tenacemente tenersi avviluppato... che fin nel grembo tormentoso della coscienza questi gemelli antitetici dovessero essere in perenne tenzone. Come fare, allora, a separarli?

Ero pervenuto a questo stadio delle mie riflessioni, allorché, come ho detto, un esperimento di laboratorio cominciò a gettare una luce indiretta sulla questione. Iniziai a percepire, con una profondità mai prima attestata, la tremula fralezza, la vaporosa inconsistenza di questo involucro all'apparenza così compatto quando lo meniamo dattorno. Scoprii che certi agenti avevano il potere di squassare e di svellere questo vestimento di carne, al modo stesso in cui il vento spazza via le tende d'un padiglione. Non mi addentrerò nell'aspetto prettamente scientifico della questione per due buoni motivi. Innanzi tutto perché ho imparato a mie spese che il destino e il fardello della nostra esistenza gravano in eterno sulle spalle di ognuno di noi, e quando tentiamo di liberarcene, ce li ritroviamo sul groppone con un peso più spaventoso ed estraneo di prima. Inoltre perché le mie scoperte erano incomplete, come dimostrerà, ahimè, la presente relazione. Basti dire, quindi, che non solo ritenni il mio corpo fisico come pura aura e irradiazione di alcuni poteri che formavano il mio spirito, ma che arrivai ad elaborare una sostanza capace di spiccare di seggio tali poteri, finché venivano sostituiti da forme diverse e da un nuovo sembiante per me altrettanto naturali, poiché erano l'espressione e recavano il suggello degli elementi più bassi della mia anima.

Prima di verificare nella sperimentazione pratica questa teoria, esitai a lungo. Sapevo bene che avrei messo a repentaglio la vita, poiché una droga [37] così potente da avere il dominio e perfino di scuotere il nucleo stesso dell'identità personale, avrebbe potuto, per un eccesso infinitesimale di dosaggio, o per un errore nella scelta del momento più adatto, distruggere quel tabernacolo immateriale che aveva avuto in consegna perché lo trasformasse. Ma alla fine le tentazioni di una scoperta straordinaria e basilare ebbero il sopravvento sulle remore della prudenza. Il liquido era pronto da tempo, per cui acquistai da una ditta di prodotti farmaceutici un grosso quantitativo di un certo sale che, come mi avevano dimostrato gli esperimenti, sarebbe stato l'ultimo degli ingredienti necessari. Infine una notte sciagurata, a tarda ora, mescolai il liquido e i sali, li osservai ribollire e fumigare nel bicchiere, e quando quel processo ebbe termine ingurgitai la pozione in un empito ardimentoso.

Sopravvennero spasimi atroci: uno stridere delle ossa, una nausea letale, un orrore dello spirito che nemmeno l'attimo della nascita o della morte può superare. Poi queste sofferenze volsero ad un rapido lenimento e ritornai in me, quasi fossi convalescente da una grave malattia. Nelle mie sensazioni c'era qualcosa di insolito, qualcosa di nuovo e di indescrivibile e, per la stessa novità, di infinitamente dolce. Mi sentivo più giovane, più leggero, più felice nel corpo e dentro di me avvertivo l'urgere d'una irrequietezza, un flusso disordinato di immagini sensuali che mi vorticavano nell'immaginazione come la ruota d'un mulino, un disciogliersi dalle pastoie di ogni costrizione, una libertà dell'anima sconosciuta ma non per questo innocente. Al primo vagito di questa nuova vita ebbi coscienza di essere più malvagio, dieci volte più malvagio, incatenato come schiavo al mio male originario. E quel pensiero allora mi inebriò, mi colmò di delizie come una coppa di vino. Stesi le braccia nella prorompente ebbrezza di quelle sensazioni e nel compiere quel gesto m'accorsi all'improvviso d'essermi ridotto di statura.

Nel mio studio, a quel tempo, non c'era uno specchio; quello che ho accanto mentre scrivo fu portato in un periodo successivo per verificarvi appunto queste trasformazioni. La notte andava frattanto mutando nell'alba... un'alba che, per quanto buia, era quasi matura per concepire il giorno... il sonno profondo di quelle ore antelucane sigillava gli occhi di quanti abitavano la casa, e io decisi, nell'ebbrezza del trionfo e della speranza, di arrischiarmi a salire in camera mia nel mio nuovo sembiante. Traversai il piazzale dove gli astri, così mi venne di pensare, scorsero in me, trasecolando, il primo esemplare di una specie che nelle loro insonni vigilie non avevano mai osservato. Sgusciai lungo il corridoio, estraneo in casa mia, e giunto in camera, scorsi per la prima volta la fisionomia di Edward Hyde.

A questo punto debbo esprimermi solo in linea teorica, dicendo non quello che so, ma quello che ritengo più probabile. Il versante malvagio della mia natura, al quale avevo ora trasferito la facoltà di imprimere il proprio suggello, era meno sviluppato e aveva una struttura più fragile di quello buono che avevo dimesso. Inoltre nel corso della mia esistenza, che dopo tutto era stata per nove decimi una vita di sacrifici, di virtù e di moderazione, proprio quel lato era stato molto meno in esercizio, e molto meno messo alla prova. Da qui, suppongo, deriva il fatto che Edward Hyde fosse tanto più minuto, striminzito e giovane di Henry Jekyll. E come il bene riluceva nel sembiante dell'uno, il male era stampato a chiare lettere sulla faccia dell'altro. Il male inoltre (che debbo ancora reputare il lato mortale dell'uomo), aveva lasciato in quel corpo l'impronta della deformità e della decadenza. Eppure quando affisai lo sguardo su quell'idolo deforme riflesso sullo specchio, non avvertii alcun senso di ripugnanza, bensì un moto di gioia. Anche costui era parte di me. Sembrava naturale ed umano. Ai miei occhi denotava un'immagine più alacre dello spirito, appariva più immediato e omogeneo rispetto all'altro, la cui espressione scissa e imperfetta ero abituato da sempre a considerare come mia. E fino a questo punto avevo ragioni da vendere. Ho osservato che quando mi trovavo nelle spoglie di Edward Hyde, nessuno poteva accostarmisi senza provare un ribrezzo istintivo, palese. Credo che fosse dovuto al fatto che gli esseri che incontriamo sono una mescolanza di bene e di male: solo Hyde, nel novero degli umani, era il male allo stato puro. Indugiai solo un attimo allo specchio. Ora dovevo portare a termine la seconda parte, quella conclusiva, dell'esperimento. Rimaneva infatti da verificare se avevo perduto la mia identità per sempre, senza possibilità di recupero, e se, in questo caso, fossi dovuto fuggire prima del giorno da una casa che non sarebbe stata più mia. Mi precipitai nel laboratorio dove preparai la pozione e la trangugiai provando ancora una volta gli spasimi della dissolvenza, finché rinvenni, con l'indole, anche la corporatura e il volto di Henry Jekyll.

Quella notte ero arrivato al bivio fatale. Se mi fossi accostato alla mia scoperta con più nobili disposizioni dell'animo, se avessi tentato l'esperimento sotto l'influsso di aneliti devoti e generosi, sarebbe stato tutto diverso, e dai tormenti della morte e della vita sarei rinato come un angelo piuttosto che come un demonio. L'azione della droga non faceva discriminazioni, non era né divina né diabolica in sé. Essa scardinava le porte che imprigionavano i miei desideri e, come i prigionieri di Filippi,[38] fuggivano solo quelli che vi erano rinchiusi. Era un periodo in cui la mia virtù covava torpida e sonnacchiosa, mentre il male, tenuto desto dall'ambizione, stava all'erta, pronto a cogliere a volo l'occasione propizia: quello che ne scaturì fu appunto Edward Hyde. Pertanto ora avevo a disposizione due diverse personalità e due differenti fisionomie: l'uno era malvagità fine a se stessa, l'altro era il solito Henry Jekyll, incoerente miscuglio che ormai non speravo più di correggere e di migliorare. L'impulso perciò volgeva del tutto al peggio.

A quel tempo non ero riuscito ancora a vincere la mia riluttanza per l'aridità di una vita di studi. Talvolta continuavo ad avvertire il richiamo del divertimento e poiché i piaceri a cui mi concedevo erano, per non dir peggio, disdicevoli, mentre come persona ero non solo noto e tenuto in grande stima, ma già nello stadio della piena maturità, questa incoerenza nel mio modo di vivere diventava di giorno in giorno più stridente. Fu dunque in questo versante che le tentazioni agirono con più acre morsura, fino a rendermi loro succube. Con un sorso della mia coppa potevo far svanire il simulacro del professore compìto e sussumere in sua vece, come un pesante tabarro, quello di Edward Hyde. L'idea mi faceva sorridere e allora mi sembrava perfino umoristica, così che mi detti a fare preparativi con meticolosità certosina. Acquistai e arredai la casa di Soho, dove sarebbe poi andata la polizia sulle tracce di Hyde, assoldando come governante una donnetta senza scrupoli che sapeva tenere la bocca cucita. Nel contempo avvisai i miei domestici che un certo signor Hyde, di cui fornii loro i connotati, avrebbe goduto di assoluta libertà di movimenti e di piena autorità nella dimora che dava sulla piazza. Per evitare equivoci, inoltre, mi feci vedere spesso nella mia seconda persona per renderla familiare. Quindi stesi quel testamento al quale tu movesti tante obiezioni, di modo che, se fosse accaduto qualcosa alla persona di Jekyll, avrei potuto assumere quella di Hyde senza subire tracolli finanziari. Predisposte le mie difese in ogni versante, come credevo, cominciai a trarre profitto dalla straordinaria immunità che la mia posizione mi assicurava.

Un tempo si usava prezzolare sicari per compiere delitti su commissione, mentre i mandanti mantenevano nell'ombra la loro persona e intatta la loro rispettabilità. Io sono stato il primo a ricorrere allo stesso sistema per soddisfare senza intermediari i miei piaceri. Sono stato il primo a potermi mostrare agli occhi della gente con i paludamenti di una rispettabilità franca e gioviale e un attimo dopo, come uno scolaro capriccioso, a strappare quegli orpelli per tuffarmi a capofitto nel mare della libertà. E avvolto come ero nel mio manto imperscrutabile, godevo d'una sicurezza illimitata. Figurati che... non esistevo nemmeno! Mi bastava solo infilare l'uscio del laboratorio, mescolare e buttar giù in un paio di secondi la bevanda che tenevo sempre a disposizione, e qualsiasi atto avesse commesso, Edward Hyde svaniva come l'alone che il fiato produce sullo specchio. E al suo posto, nella quiete domestica, intento a graduare la lampada notturna dello studio, integerrima persona al di sopra di ogni sospetto, vi sarebbe stato Henry Jekyll.

I piaceri che mi detti subito a ricercare nel mio travestimento erano, come ho detto, disdicevoli, e mi sarebbe difficile usare un termine peggiore. Tuttavia nelle mani di Edward Hyde essi cominciarono ben presto a diventare mostruosi. Quando ero di ritorno da certe escursioni, rimanevo a lungo inebriato da una sorta di stupore per la depravazione dell'altro me stesso. Questa creatura familiare che evocavo dalla mia stessa anima e che mandavo in giro per soddisfare i suoi impulsi, era malvagia e perversa di natura; ogni suo atto ed ogni suo pensiero erano di un assoluto egotismo; godeva con bramosia animalesca di ogni forma dell'altrui sofferenza, pur rimanendo gelida come una statua. Henry Jekyll restava talora sbigottito dinnanzi alle azioni di Edward Hyde, ma la situazione esulava dalla legislazione ordinaria e provocava un insidioso allentamento nella presa della coscienza. In fondo il colpevole, il vero colpevole era soltanto Hyde. Jekyll non era peggiore di prima, sembrava che al risveglio ritrovasse immutate le sue buone qualità, almeno all'apparenza. Spesso anzi s'affrettava, quando era possibile, ad emendare il male compiuto da Hyde. E così facendo la sua coscienza si assopiva. Non ho la minima intenzione di addentrarmi in una descrizione dettagliata delle infamie di cui ero connivente (perfino oggi stento a riconoscere di averle commesse). Voglio solo porre in evidenza i segni premonitori e le tappe graduali attraverso le quali si avvicinava il mio castigo. Mi capitò un incidente sul quale, non avendo avuto conseguenze, non mi soffermerò granché. Un gesto crudele nei confronti di una bambina provocò nei miei confronti la collera di un passante che riconobbi, l'altro giorno, in tuo cugino; a lui dettero man forte un medico e la famiglia della bambina e ci furono momenti in cui temetti di soccombere. Alla fine Edward Hyde li dovette condurre sino alla porta del laboratorio tacitando il loro legittimo sdegno con un assegno a firma di Henry Jekyll. Per il futuro potei evitare un pericolo simile, intestando ad Edward Hyde un conto corrente presso un'altra banca. Quando poi conferii alla mia calligrafia un'inclinazione diversa, il mio doppio ebbe una firma tutta sua ed io pensai di essermi messo al riparo dagli inconvenienti del caso.

Un paio di mesi prima dell'assassinio di Sir Danvers, rincasai molto tardi da una delle solite avventure e al mattino mi risvegliai nel mio letto con strane sensazioni. Per quanto mi guardassi attorno, e scorgessi i mobili eleganti e l'alto soffitto della camera che s'affacciava sulla piazza, per quanto ritrovassi i rabeschi familiari delle cortine del letto e la sagoma dell'intelaiatura di mogano, qualcosa mi suggeriva con pervicacia che non mi trovavo là dov'ero in realtà, che non mi ero svegliato dove mi sembrava di essere, bensì nella cameretta di Soho dove avevo l'abitudine di dormire nella persona di Edward Hyde. Sorrisi di queste impressioni e, seguendo il filo delle idee, mi detti pigramente ad indagare sugli elementi che le avevano provocate scivolando di tanto in tanto in una sorta di dormiveglia mattutino. Ero ancora immerso in queste congetture allorché, in un attimo di maggiore lucidità, mi cadde lo sguardo sulla mano. Come tu stesso hai avuto modo di osservare, la mano di Henry Jekyll aveva un che di professionale per forma e dimensioni: grande, ferma, bianca e ben modellata. Ma quella che ora mi appariva nella luce giallognola del mattino londinese, abbandonata e dischiusa sulle coltri, era striminzita, tutta tendini e nocche, di un pallore da clorosi, ombreggiata da una densa villosità. Era la mano di Edward Hyde.

Devo essere rimasto a fissarla per quasi mezzo minuto, frastornato com'ero dallo stupore, prima che mi cogliesse un terror panico, improvviso e lacerante come uno scoppio di cimbali. Saltai dal letto e mi precipitai dinnanzi allo specchio: quel che vidi riflesso mi gelò il sangue. Sì, m'ero coricato Henry Jekyll e m'ero risvegliato Edward Hyde. Ma come spiegare il fenomeno? Me lo stavo ancora chiedendo allorché, con un'altra stretta al cuore, mi si affacciò un nuovo, impellente interrogativo... Come porvi rimedio? Il mattino era già inoltrato, la servitù girava per casa mentre i farmaci erano nel laboratorio...[39] un percorso interminabile giù per due rampe di scale, e poi l'andito di servizio e il cortile e ancora il teatro anatomico: una distanza che mi riempiva di sgomento. Avrei potuto nascondermi la faccia, sì certo, ma a che sarebbe servito se non m'era possibile dissimulare una corporatura del tutto diversa? Poi mi venne in mente, con indicibile senso di sollievo, che i domestici s'erano abituati all'andirivieni della mia seconda persona. Infilai in un baleno i vestiti che erano della mia originaria misura, me li aggiustai alla meglio, attraversai quatto quatto la casa lasciando Bradshaw di stucco, annaspante come un gambero nel vedere il signor Hyde a quell'ora e conciato a quel modo, finché dieci minuti dopo il dottor Jekyll era ritornato se stesso e poteva assidersi, scuro in volto, fingendo di fare colazione.

Avevo ben poca voglia di mangiare. Quell'incidente inspiegabile, che aveva capovolto la mia precedente esperienza, sembrava tracciare le lettere della mia condanna come il biblico dito di Babilonia.[40] Cominciai a meditare con maggiore serietà di prima sugli effetti e sulle conseguenze della mia doppia esistenza. Quella parte di me che ero riuscito ad estroflettere s'era irrobustita ed esercitata non poco negli ultimi tempi. Sembrava che la corporatura di Hyde fosse cresciuta ed io stesso avvertivo, nell'assumere quel sembiante, una più copiosa irrorazione di sangue. Cominciai ad intuire il pericolo secondo il quale, continuando troppo alla lunga, si sarebbe verificato un tracollo nell'equilibrio della mia natura, il potere di autonoma scelta si sarebbe ridotto a zero e la natura di Edward Hyde sarebbe divenuta la mia, senza possibilità di riscatto. L'effetto della pozione non s'era manifestato sempre allo stesso modo. Una volta, agli inizi, non aveva sortito alcun effetto e da allora in poi ero stato costretto a raddoppiare la dose, e in un caso perfino a triplicarla, con alto rischio della vita. L'unica ombra che aduggiava il mio compiacimento veniva proprio da quegli incerti. Ora comunque, alla luce dell'incidente del mattino, ero costretto a constatare che, mentre all'inizio la difficoltà maggiore consisteva nell'espungere il corpo di Jekyll, negli ultimi tempi s'era invertita di segno, in modo graduale ma incontrovertibile. Tutto infatti sembrava indicare che stavo man mano perdendo la mia identità originaria e migliore e che mi stavo incorporando lentamente nella mia seconda e peggiore natura.

Ormai sentivo che dovevo operare una scelta. Le mie due nature avevano in comune la memoria, ma tutte le altre facoltà erano ripartite fra di loro in maniera estremamente diseguale. Jekyll, dotato di una natura composita, concepiva e condivideva i piaceri e le avventure di Hyde ora con trepida ansia, ora con avida brama; ma Hyde non provava che indifferenza nei confronti di Jekyll e si ricordava di lui allo stesso modo in cui il brigante delle montagne si rammenta della caverna in cui va a rintanarsi quando è braccato. Jekyll mostrava molto più dell'apprensione paterna e Hyde molto più dell'indifferenza filiale. Mettermi dalla parte di Jekyll significava soffocare quegli appetiti alla cui soddisfazione m'ero votato in segreto e ai quali da ultimo avevo finito per indulgere anche troppo. Scegliere Hyde, invece, voleva dire ripudiare mille interessi e aspirazioni e diventare all'istante, e per sempre, un essere disprezzato ed un escluso. La scelta poteva sembrare facile, ma c'era un'altra considerazione da mettere in bilancio, poiché, mentre Jekyll avrebbe sofferto le pene dell'inferno nella rinuncia, Hyde non si sarebbe nemmeno accorto di quanto avrebbe perduto. Per quanto eccezionale fosse la mia situazione, i termini dell'alternativa che dovevo fronteggiare erano comuni all'uomo di ogni tempo. Gli stessi stimoli e gli stessi timori spingono il peccatore tremante e soggetto alle tentazioni a giocare la propria sorte. E così accadde che io, come succede alla gran maggioranza dei miei simili, finii con l'optare per la parte migliore, anche se mi dimostrai subito carente dell'energia necessaria a mantenere ferma quella scelta.

Sì, la mia preferenza andò al vecchio e insoddisfatto dottore, il quale coltivava oneste speranze circondato dagli amici, e detti un addio definitivo alla libertà, alla relativa giovinezza, al passo leggero, ai sussulti improvvisi, ai reconditi piaceri di cui avevo goduto sotto le spoglie di Hyde. Forse addivenni a questa risoluzione con una qualche remora inconscia, poiché non mi preoccupai né di vendere la casa di Soho, né di distruggere i vestiti di Edward Hyde che restano ancor oggi appesi nel mio studiolo. Per un paio di mesi, comunque, tenni fede al proposito, condussi un'esistenza talmente morigerata, come mai mi era capitato di vivere e potei assaporare i frutti di una coscienza rappacificata. Ma con l'andare del tempo le mie paure più vivide cominciarono a sbiadire, gli apprezzamenti della coscienza ad assumere l'opacità della consuetudine e mentre sopravanzavano struggenti desideri ed angosce, come se Hyde si dimenasse per riemergere a nuova libertà, in un momento di debolezza morale ancora una volta mescolai e trangugiai la pozione che provocava la metamorfosi.

Non credo che quando un ubriacone ragiona con se stesso sul suo vizio si renda minimamente conto dei pericoli a cui l'espone la sua degradazione bestiale; e nemmeno io, per quanto avessi considerato a lungo la situazione, avevo tenuto conto a sufficienza della completa insensibilità morale e della folle vocazione al male che costituivano i tratti essenziali di Edward Hyde. Eppure proprio da questi venne il castigo. Il mio demone era rimasto intrappolato troppo a lungo e balzò fuori rugghiando. Già nel momento in cui bevevo la pozione ebbi la consapevolezza di uno slancio più furibondo e sfrenato verso il male. E proprio questo, suppongo, provocò nel mio animo quella tumultuosa impazienza con cui ascoltai le parole cortesi della mia infelice vittima. Posso dichiarare almeno, dinnanzi a Dio, che nessun uomo moralmente sano avrebbe potuto macchiarsi di un delitto così orrendo per una provocazione inesistente, e che colpii in uno stato d'animo non più disposto alla ragione, di quanto non lo sia quello di un bambino viziato che manda in frantumi un giocattolo. Ma mi ero privato, di mia spontanea volontà, di quei freni inibitori grazie ai quali anche il peggiore degli uomini riesce a procedere con una certa fermezza fra le tentazioni. Nel mio caso anche la più effimera tentazione mi scavava un baratro sotto i piedi.

Lo spirito diabolico si risvegliò in me all'istante, imperversando furiosamente. In un impeto di voluttà mi detti a straziare quel corpo che non offriva resistenza, inebriandomi ad ogni colpo, e solo quando avvertii la stanchezza fisica, tutto ad un tratto e all'apice del delirio, il terrore mi attanagliò come una morsa di gelo. Fu uno squarcio nella nebbia; ebbi coscienza d'essermi giocata l'esistenza e fuggii via da quella scena di turpitudine esultante e tremebondo, sazio e vieppiù eccitato nella bramosia del male. Corsi alla casa di Soho e per maggior sicurezza distrussi le mie carte, quindi presi a vagare per le strade illuminate dai lampioni in preda alla stessa combattuta estasi mentale, con un perverso godimento per il delitto commesso e proteso a immaginarne degli altri a cuor leggero, eppure camminando in fretta e con le orecchie tese a cogliere il passo vendicatore. Perfino nel mescolare la pozione Hyde continuò a canticchiare a fior di labbra e, quando bevve, brindò alla vittima. Gli spasmi della trasformazione non s'erano ancora placati, che Henry Jekyll, il volto irrorato di lacrime di gratitudine e di rimorso, cadeva in ginocchio invocando Iddio a mani giunte. Il velo dell'indulgenza verso me stesso, lacerato da cima a fondo, mi mostrava l'intero corso della vita passata; ne seguii la parabola da quando, fanciullo, camminavo alla mano di mio padre, poi attraverso le abnegazioni della mia vita professionale, fino a ritornare sempre da capo, e con lo stesso senso di irrealtà, agli orrori di quella notte. Mi sarei messo a gridare come un ossesso; cercai di respingere con il pianto e la preghiera lo sciame di immagini e di suoni repellenti con cui la memoria sembrava sopraffarmi, e pure nel fervore delle implorazioni l'orrida faccia della perversione ficcava gli occhi nel fondo dell'anima. Con l'affievolirsi del rimorso più cocente cominciò a prender corpo un senso di esultanza. Il problema della mia condotta era risolto. Per Hyde non c'era possibilità di sussistenza; che lo volessi o meno, ero costretto alla parte migliore della mia esistenza. E quale allegrezza mi invase il cuore al solo pensarci! Con quale sicura umiltà abbracciai le limitazioni che ci vengono imposte dal canone naturale della vita! Con quale deliberata rinuncia inchiavardai la porta dalla quale ero uscito e rientrato tante volte, spezzando la chiave sotto il tacco!

Il giorno appresso si diffuse la notizia del delitto; la colpevolezza di Hyde era sulla bocca di tutti e non c'era chi non rimpiangesse la vittima, una persona della massima stima. Non era stato solo un crimine, s'era trattato d'una tragica follia. Credo di essere stato felice nell'apprenderlo e nel constatare che i miei impulsi migliori venivano rinsaldati dal terrore della forca. Jekyll costituiva ora il porto della mia salvezza. Appena Hyde avesse fatto capolino, le mani di tutti si sarebbero protese per acciuffarlo e mandarlo a morte.

Formulai la risoluzione che la mia condotta futura avrebbe redento il passato e posso affermare in tutta onestà che sortì qualche effetto. Tu stesso puoi testimoniare con quanta ansia mi sia impegnato nell'ultimo scorcio dell'anno passato a lenire le sofferenze; e sai che molte di quelle fatiche erano volte ad aiutare gli altri e che io stesso trascorsi quei giorni nella quiete, quasi nella letizia. Né posso affermare in verità che quella vita d'innocenza e di dedizione divenisse fonte di tedio poiché credo, al contrario, di averla gustata ogni giorno più appieno. Ma l'intrinseco dualismo delle mie intenzioni gravava su di me come una maledizione, e mentre i miei propositi di pentimento cominciavano a perdere mordente, la parte peggiore di me, così a lungo appagata, e di recente messa alla catena, prese a ringhiare. Non che con questo volessi resuscitare Hyde; il solo pensiero anzi mi dava le vertigini; no, ero proprio io, nella mia stessa persona, che ero ancora una volta tentato di scherzare con la coscienza; e come accade a chi persegue vizi privati, alla fine cedetti agli assalti delle tentazioni.

C'è una fine per tutto; la più capiente delle misure prima o poi viene colmata e questa breve condiscendenza al male che avevo in me finì per distruggere l'equilibrio della mia anima. Eppure non ebbi trasalimenti, la ricaduta mi sembrò naturale, come un rifluire ai vecchi tempi, anteriori alla fatidica scoperta. Era una giornata di gennaio tersa, bellissima; qualche gora d'acqua per terra dove il gelo s'era disciolto, ma il cielo era sgombro di nubi e Regent's Park vibrava di cinguettii invernali e odorava dei balsami della primavera. Mi sedetti al sole su di una panchina, l'animale che avevo in me si leccava i baffi inuzzolito dai ricordi,[41] lo spirito buono abbozzava sonnacchiosi pentimenti, senza per altro tentare di reagire. Dopo tutto, riflettevo fra di me, non ero differente dal mio prossimo e sorrisi al pensiero, paragonandomi agli altri uomini, confrontando la mia volontà solerte con la pigra crudeltà della loro indifferenza. Proprio nel momento in cui formulavo questi vanagloriosi pensieri, fui colto da un malore improvviso e fra i più incredibili conati di nausea mi prese un tremito convulso. Poi tutto passò, lasciandomi in uno stato di sfinimento. Via via che mi riavevo da quella spossatezza, ebbi coscienza che l'indole stessa dei miei pensieri andava mutando in una sfacciata spavalderia, nello sprezzo del pericolo, nella libertà dal senso del dovere. Mi guardai: il corpo rattrappito sembrava sguazzare in quegli abiti flosci, la mano che posava sul ginocchio era villosa e nocchiuta.[42] Ancora una volta ero diventato Edward Hyde. Un momento prima confidavo nel rispetto della gente, da personaggio dovizioso e ben voluto qual ero... la tavola imbandita per me nella sala da pranzo, a casa mia; ed ora niente più che la feccia del genere umano, l'essere braccato, ramingo, conosciuto da tutti come un assassino, destinato alla forca.

La ragione fu sul punto di perdersi, pur senza abbandonarmi del tutto. Più di una volta ho osservato che in quella seconda natura le mie facoltà sembravano acuirsi e la mente farsi più agile nella tensione di modo che, là dove Jekyll avrebbe forse ceduto, Hyde sapeva tener testa alla situazione. Le sostanze chimiche si trovavano in uno degli armadietti dello studiolo: come potevo fare a procurarmele? Mi strinsi la testa fra le palme e mi misi a riflettere su come risolvere l'enigma. La porta del laboratorio l'avevo chiusa a chiave, e se avessi tentato di passare dalla porta principale i domestici non avrebbero esitato a consegnarmi loro stessi al patibolo. L'unico modo era servirmi di un'altra persona, e fu così che il pensiero mi corse a Lanyon. Come raggiungerlo, però? E come convincerlo? Ammesso di farla franca lungo il tragitto, come sarei riuscito a farmi ricevere? Inoltre a quali stratagemmi sarei dovuto ricorrere, io visitatore sconosciuto e importuno, per indurre una celebrità nel campo della medicina a rovistare nello studio del suo collega, dottor Jekyll? Rammentai allora che mi rimaneva una caratteristica della mia natura originaria, che era la calligrafia. Una volta scoccata questa scintilla iniziale, mi si illuminò la strada che avrei dovuto seguire, da cima a fondo.

Per cui mi rassettai i vestiti alla meglio, presi una carrozza di passo e mi feci condurre ad un albergo di Portland Street di cui rammentavo il nome. Nel vedermi addobbato a quel modo, e dovevo essere abbastanza buffo malgrado il tragico destino che si nascondeva sotto quei panni, il vetturino non riuscì a trattenere il riso. Digrignai i denti verso di lui in un impeto di furore diabolico e subito il sorriso si dileguò da quel volto: buon per lui, e ancor meglio per me, perché ancora un attimo e lo avrei scaraventato giù di cassetta. Quando entrai nell'albergo mi guardai attorno con aria talmente truce che vidi gli inservienti tremebondi, incapaci di scambiarsi un'occhiata al mio cospetto. Accolsero i miei ordini con atteggiamento di riverenza, mi condussero in una saletta privata e mi portarono l'occorrente per scrivere. Hyde che si sentiva in pericolo di vita costituiva per me un'esperienza inedita: un essere sconvolto da una furia insensata, spinto come una molla al delitto, bramoso di infliggere sofferenze. E sapeva diventare volpino, per cui, dominando con sforzi sovrumani la furia ossessiva, scrisse le due lettere decisive, l'una a Lanyon, l'altra a Poole, e per essere certo che fossero imbucate, ordinò di spedirle per raccomandata. Da quel momento in poi s'accoccolò accanto al fuoco nella stanza dove rimase per tutto il giorno a rodersi le unghie. Qui si fece portare la cena e si sedette con l'unica compagnia delle proprie paure, mentre il cameriere tremava come una foglia sotto i suoi sguardi. Lasciò l'albergo a notte inoltrata raggomitolandosi in un calesse coperto, facendosi scorrazzare per le vie della città. Parlo alla terza persona... perché non potrei dire: io. Quel figlio del demonio non aveva nulla di umano, in lui pulsavano soltanto odio e terrore. E quando alla fine, temendo di destare i sospetti del vetturino, lasciò il calesse e s'avventurò a piedi fra i passanti notturni, richiamandone l'incuriosita attenzione infagottato com'era in quegli abiti che gli spenzolavano da tutte le parti,[43] queste due ignobili passioni infuriavano dentro di lui come un uragano. Camminava rapido, ossessionato dai suoi timori, farfugliando fra sé e sé, sgusciando ratto per le vie meno battute, contando i minuti che ancora mancavano alla mezzanotte. Una donna gli rivolse la parola, forse per offrirgli una scatola di fiammiferi: lui la colpì con un manrovescio e quella fuggì.

Quando tornai in me stesso a casa di Lanyon, l'orrore del vecchio compagno mi provocò un certo turbamento, mi sembra. Ma non saprei, d'altra parte non era che una goccia nel mare, paragonata al disgusto che provavo ripensando alle ore trascorse. S'era verificato un mutamento in me: non mi angustiava l'ombra del patibolo, bensì l'abominio di essere Hyde. Le parole di condanna formulate da Lanyon mi giunsero all'orecchio quasi come in sogno e fu in uno stato di semi ipnosi che tornai a casa e mi coricai. Dopo lo spossamento della giornata, caddi in un sonno così intenso, profondo, che nemmeno gli incubi che mi agitavano riuscirono a interrompere. Al mattino mi svegliai provato, debilitato, ma fresco. Sentivo ancora odio e terrore per la bestia che covava in me e non avevo certo scordato i tremendi pericoli del giorno precedente. Ma ero di nuovo a casa, con gli ingredienti della pozione a portata di mano e la riconoscenza per il pericolo scampato rifulgeva così intensa nell'animo, da eguagliare la luce della speranza.

Stavo passeggiando in cortile in un momento di pausa dopo la colazione, aspirando con diletto l'aria frizzante, quando fui colto di nuovo da quelle indescrivibili sensazioni che preannunciavano la metamorfosi. Feci appena in tempo a raggiungere il rifugio del mio studiolo, prima che ricadessi preda, ancora una volta, del delirio freddo e furente di Hyde. Per restituirmi a me stesso, quella volta fu necessaria una doppia dose. Ma sei ore dopo, ahimè, mentre me ne stavo accasciato a fissare il fuoco, le contrazioni insorsero di nuovo e fu necessario ingerire un'altra dose. In poche parole, da quel giorno in poi riuscii a mantenere il sembiante di Jekyll solo grazie ad una continua altalena di sforzi e all'ingestione immediata della droga. Quel brivido premonitore poteva cogliermi a qualsiasi ora del giorno e della notte, specie se dormivo o se mi appisolavo in poltrona per un attimo: subito mi risvegliavo come Hyde. Sotto la tensione che mi procuravano la costante minaccia di questa maledizione, e la veglia diuturna alla quale ero ormai costretto, per un lasso di tempo superiore a quella che credevo l'umana sopportazione,[44] mi ridussi ad una creatura sfibrata e consumata dalla febbre, spossata nella mente e nel corpo dal languore, ossessionata da un unico rovello: l'orrore dell'altro me stesso. Ma nel sonno, o quando l'effetto della pozione tendeva ad esaurirsi, cadevo quasi senza trapasso (gli spasimi della metamorfosi diminuivano di giorno in giorno d'intensità), vittima di una fantasia satura di immagini terrifiche, di un animo schiumante d'immotivata rancura, di un corpo incapace di rattenere le esorbitanti energie vitali. La forza di Hyde sembrava accrescersi con lo sfinimento di Jekyll. E non c'è dubbio che l'odio che li separava era condiviso da entrambi con pari intensità. In Jekyll agiva l'istinto di conservazione. Ormai conosceva bene la mostruosità della creatura con la quale condivideva alcuni fenomeni della coscienza e con cui sarebbe stato erede indubitabile della morte. Ed anche al di là di questi vincoli comuni, che già in se stessi costituivano l'aspetto più atroce della sua disperazione, egli concepiva Hyde, nonostante la sua possente carica di vitalismo, non solo come un demone, ma come un fenomeno inorganico. Donde l'affronto cocente: che la melma del brago avesse facoltà di parlare, di gridare; che la sterile polvere potesse gesticolare e commettere peccato; che ciò che era solo morte, senza l'imprimitura della forma, potesse arrogarsi le funzioni della vita. E ancora: che quell'essere orrido e ribelle fosse avvinto a lui in un'intimità ignota alla sposa; che fosse, come il suo occhio, consustanziale al suo corpo, intrappolato nella medesima carne dove ne avvertiva il brontolio e la pulsione per venire alla luce; che in ogni momento di debolezza e di cedimento al sonno prevalesse su di lui escludendolo dalla vita. Di diverso genere era l'odio di Hyde per Jekyll. Il terrore del patibolo lo spingeva senza requie al suicidio momentaneo, a scadere al ruolo di compartecipe, differendo quello di primo ed unico attore. Eppure detestava quella scelta obbligata, detestava la prostrazione in cui Jekyll era sprofondato ed era pieno di rancore per l'antipatia con cui veniva trattato. Di qui i tiri mancini, degni d'una scimmia, che mi faceva, scarabocchiando improperi sui margini dei miei libri simulando la mia calligrafia,[45] appiccando fuoco alle mie lettere e fracassando il ritratto di mio padre. Se non fosse stato per la paura della morte, avrebbe finito per distruggersi pur di trascinare anche me nella rovina. Ma il suo attaccamento alla vita è incredibile. Anzi, dirò di più: pur sentendomi venir meno al solo pensarci, quando vado con la mente al suo attaccamento abietto e appassionato, e al terrore provocato in lui dal potere che ho di sopprimerlo col suicidio, in fondo al cuore provo pietà per lui.

Lo scorrere inesorabile del tempo mi impedisce di prolungare oltre questa relazione, il che del resto sarebbe inutile. Nessuno ha provato simili tormenti: e questo sia sufficiente. Eppure anche nei tormenti l'abitudine finiva per arrecare... no, non sollievo... ma piuttosto una certa assuefazione dell'anima, una certa acquiescenza alla disperazione. E se non fosse per un'ultima sciagura che è sopravvenuta, e che ha per sempre voluto scerpere me stesso dal mio volto e dalla mia natura, il castigo si sarebbe protratto per anni. La provvista dei sali, che non era stata mai reintegrata dal giorno del primo esperimento, cominciò a calare. Mandai a farne rifornimento e mescolai la pozione: l'ebollizione ebbe luogo e così la prima fase trascolorante, ma attesi invano la seconda. La bevvi: non sortì il minimo effetto. Saprai da Poole come abbia invano rovistato tutta Londra. Ora sono convinto che nella mia prima provvista c'era una qualche impurità e che l'efficacia della pozione era dovuta a quell'evento fortuito.

Una settimana è ormai trascorsa e sto terminando la presente dichiarazione sotto l'effetto degli ultimi granelli della vecchia polvere. A meno di un miracolo, dunque, questa è l'ultima volta in cui Henry Jekyll può formulare i propri pensieri o guardare il proprio volto, ahimè così tristo e devastato, in uno specchio. Né posso indugiare troppo nel portare a termine la relazione, perché se fino ad ora il racconto è scampato alla distruzione, ciò è dovuto ad una meticolosa prudenza unita alla buona sorte. Se mi dovessero prendere gli spasmi della metamorfosi mentre ho ancora in mano la penna, Hyde strapperebbe il foglio in mille pezzi. Se tuttavia trascorrerà un certo tempo da quando l'avrò terminata, il suo strabiliante egoismo e il suo vivere l'attimo fuggente forse salverà lo scritto dai suoi scimmieschi dispetti. Ed in vero il destino che sta serrando il suo inesorabile cerchio su di noi lo ha già schiacciato, facendo di lui un'altra persona. Fra mezz'ora, quando avrò per sempre riassunto in me quella odiata identità, so già che starò accucciato nella mia sedia piagnucolando e scosso dal tremito, o continuerò, acuendo l'udito fino allo spasimo, in preda alla paura, a percorrere avanti e indietro questa stanza, il mio ultimo rifugio terreno, tendendo l'orecchio ad ogni suono minaccioso. Hyde esalerà l'ultimo respiro sulla forca? O troverà il coraggio di farla finita all'ultimo momento? Lo sa Iddio. Non me ne importa. Il vero momento della mia morte è questo: quel che avverrà poi non riguarda me, bensì un altro. Ecco, dunque: nell'atto stesso di deporre la penna e di imprimere il sigillo alla mia confessione, metto fine alla vita dell'infelice Henry Jekyll.

Il trafugatore di salme

Premessa al testo

*Una prima stesura del racconto risale all'agosto del 1881, quando Stevenson pensava a questo testo come al secondo da inserire nella raccolta mai realizzata dell'*Uomo nero e altri racconti, *subito dopo* Janet la sbilenca *(cfr. la cronologia). Messo in disparte « con un giustificabile senso di disgusto per l'orrore che provoca la storia », il racconto fu poi ripreso e pubblicato sulla « Pall Mall Gazette » nel numero straordinario di Natale del 1884, numero per il quale il previsto* Markheim *(cfr. l'introduzione) s'era dimostrato troppo breve. Rispondendo al redattore della rivista che gli aveva richiesto appunto un testo più lungo e tale, considerata l'occasione, da « far gelare il sangue » dei lettori, Stevenson aveva annunciato* Il trafugatore di salme *come un racconto « abbastanza orripilante, capace di gelare il sangue a un granatiere ».*

Incentrato sull'enigmatica figura di un professore di anatomia, il dottor K., e sui due sicari che gli forniscono il materiale da dissezionare, il racconto adombra il tema dello scienziato che pone la scienza, e addirittura la didattica scientifica, al di sopra del rispetto della persona umana e della stessa inviolabilità della vita. Esiste per altro una continuità quasi ossessiva fra il simbolo necroforo del teatro anatomico del dottor K. e quello di Jekyll, come se la sala d'anatomia costituisse l'archeologia del sapere, della volontà di sapere, perseguita dal secondo con più sofisticati e alchemici procedimenti. Su tutto grava la spessa coltre di bruma che avvolge la città vecchia di Edimburgo, la stessa bruma onirica che si squarcia per far affiorare alla memoria la terza sala anatomica che incontriamo nel Capitolo sui sogni *con la misteriosa processione di vittime sacrificali « nell'alba umida e stralunata ».*

Non passava sera che non ci incontrassimo tutti e quattro nella saletta del « George », a Debenham: il gestore, il proprietario, Fettes ed io; talvolta il gruppo era ancor più nutrito; ma con qualsiasi tempo, pioggia, neve o gelo che fosse, noi quattro eravamo sempre presenti, inchiodati alle nostre rispettive poltrone. Fettes era un vecchio scozzese ubriacone, una persona di certo istruita e non priva di risorse poiché campava senza far nulla. Era capitato a Debenham anni addietro, quando era ancora giovane, e per il semplice fatto di non essersi più mosso, aveva finito per diventarne cittadino adottivo. La sua zimarra pelosa, di color turchino, faceva parte delle antichità locali come il campanile della chiesa. Lo sapevano tutti a Debenham che gli veniva riservato un posto fisso al « George », che non metteva mai piede in chiesa e che era dedito da sempre al deprecabile vizio della gozzoviglia. Professava qualche vaga opinione radicale e andava soggetto a saltuari accessi di ateismo che soleva corroborare con certe manate da far tremare il tavolo. Beveva rum: cinque bicchieri per sera, senza sgarrare una volta. Trascorreva gran parte della serata e della notte standosene seduto al « George », il bicchiere nella mano destra, in uno stato di malinconica ebetudine. Lo chiamavano il Dottore, perché era nostra impressione che qualche conoscenza in fatto di medicina ce l'avesse davvero e si sapeva che, in caso di necessità, aveva sistemato una frattura o rimesso a posto una distorsione. Ma all'infuori di questi particolari di poco conto non sapevamo nulla della sua persona e del suo passato.

In una buia notte d'inverno, erano rintoccate le nove poco prima che il proprietario si fosse unito a noi, avevano sistemato al « George » un malato, un facoltoso possidente dei dintorni colpito da apoplessia mentre si recava al Parlamento. Avevano subito telegrafato per far venire al capezzale di questo grande personaggio il suo ancor più grande medico di Londra. Era la prima volta che succedeva un fatto simile a Debenham, poiché avevano inaugurato da poco la strada ferrata, ed eravamo tanto più impressionati dall'avvenimento.

« È arrivato » disse il padrone dopo aver calcato il tabacco e acceso la pipa.

« Arrivato? » dissi. « Chi? Il dottore forse? »

« Proprio lui » rispose il nostro ospite.

« E come si chiama? »

« Dottor Macfarlane » disse.

Fettes era già a buon punto col suo terzo bicchiere e, stordito com'era, tentennava il capo o girava attorno lo sguardo vitreo e stralunato; ma a quest'ultima parola sembrò risvegliarsi e ripeté due volte quel nome: « Macfarlane » piuttosto tranquillo la prima, ma con improvvisa eccitazione la seconda.

« Sì » disse il padrone « si chiama proprio così: dottor Wolfe Macfarlane. »

Fettes parve riacquistare lucidità all'istante: gli occhi gli si snebbiarono, gli si schiarì la voce che divenne alta e ferma e la favella si fece energica e schietta. Quella trasformazione ci lasciò di stucco, come se avessimo visto resuscitare un morto.

« Scusatemi » disse « ma temo di non aver prestato molta attenzione alle vostre parole. Chi è questo Wolfe Macfarlane? » Poi, ascoltata la risposta del proprietario: « Non può essere, non può essere » aggiunse « eppure mi piacerebbe incontrarlo faccia a faccia, costui ».

« Lo conosci, dottore? » chiese il gestore con un filo di voce.

« Dio me ne scampi e liberi! » rispose. « Eppure è un nome non comune ed è impossibile che ce ne siano due. Dimmi, padrone, è vecchio? »

« Be' » rispose l'altro « giovane non è di certo, ha i capelli canuti; ma sembra più giovane di te. »

« Eppure è più vecchio, di qualche anno. Il fatto è » e s'accompagnò con un manrovescio sul tavolo « che è il rum quello che vedete sulla mia faccia, il rum e il peccato. Costui magari avrà la coscienza tranquilla e una buona digestione. Coscienza! Statemi ad ascoltare. Voi tutti credete che io sia un buon cristiano, vecchio e onesto, non è vero? Ma non è così, quello non sono io; io non sono mai cambiato. Voltaire avrebbe potuto cambiare se fosse stato nei miei panni, il cervello... » e così dicendo si picchiettò con il dito la testa pelata « ... il cervello era lucido e sveglio: ho visto ma non ho tratto deduzioni. »

« Se conoscete questo medico » mi azzardai ad osservare dopo una pausa alquanto sgradevole « dovrei ritenere che non condividete la stima che gli riserva il possidente. »

Fettes non mi degnò di attenzione.

« Sì » disse « devo vederlo sul muso. »

Seguì un'altra pausa di silenzio, poi si sentì lo schianto piuttosto brusco di una porta al primo piano e un passo che cominciava a scendere le scale.

« Questo è il medico » esclamò il proprietario « se aguzzate gli occhi riuscirete a vederlo. »

Non c'erano che un paio di passi dalla saletta all'uscio d'ingresso del « George », la vetusta locanda. L'ampia scala di rovere terminava quasi sulla strada. Fra la soglia e l'ultima rampa c'era appena posto per un tappeto turco e niente altro; eppure ogni sera quel piccolo riquadro era inondato di una luce intensa che proveniva non solo dal lume appeso sulle scale e dalla mastodontica lanterna sotto l'insegna, bensì dal caldo riflesso della vetrina del bar. In quel modo il « George » offriva una confortevole accoglienza ai passanti di quella gelida strada. Fettes arrivò deciso fino al riquadro e noi, che lo sovrastavamo alle spalle, scorgemmo i due che si incontravano proprio come aveva detto uno di loro: viso a viso. Il dottor Macfarlane era un tipo agile e vigoroso. I capelli candidi accentuavano il pallore di un volto tranquillo ma energico. Era vestito da gran signore, panni finissimi e biancheria immacolata, con una catena da orologio d'oro massiccio, gemelli e occhiali del prezioso metallo. Portava un'ampia cravatta, bianca, maculata di lillà, e teneva ripiegato sul braccio un confortevole pastrano da viaggio, di pelliccia. I suoi anni li portava bene, non c'era che dire, con quel suo alone di benessere e di rispettabilità; e formava un contrasto stridente vedere quel nostro ubriacone di osteria, calvo, sudicio, e intabarrato in quel suo vecchio mantello spelacchiato, che gli si parava dinnanzi ai piedi della scala.

« Macfarlane! » disse con un tono piuttosto alto e più simile a quello d'un araldo che di un amico.

Il celebre dottore si fermò di colpo al quarto gradino, come se la familiarità di quel richiamo l'avesse colto di sorpresa e ne urtasse la dignità sussiegosa.

« Toddy Macfarlane » ripeté Fettes.

Il medico londinese fu sul punto di vacillare. Fissò per qualche secondo l'uomo che gli si parava d'innanzi, gettò uno sguardo dietro alle proprie spalle come se fosse preso dal panico, poi con un bisbiglio atterrito: « Fettes! » disse « tu! ».

« Già » disse l'altro « proprio io! Credevi che anch'io fossi morto? Non è poi così facile chiudere i conti con quel nostro conoscente. »

« Zitto, zitto! » esclamò il dottore « Zitto, zitto! Questo incontro mi prende alla sprovvista... Vedo che sei fuori di te. Quasi non ti riconoscevo a prima vista, lo confesso, ma sono felicissimo... felicissimo di questa coincidenza. Ma per il momento non possiamo che farci un breve saluto perché il calesse mi aspetta e non posso perdere il treno. Ma tu devi... vediamo, vediamo... sì... devi lasciarmi il tuo indirizzo e puoi star sicuro che mi farò vivo io. Dobbiamo far qualcosa per te, Fettes. Temo che non te la passi molto bene; ma dobbiamo provvedere in nome dei vecchi tempi, come si cantava una volta a tavola. »

« Soldi! » urlò Fettes. « Soldi da te! I soldi che mi desti sono ancora là dove li gettai, sotto la pioggia. »

Il dottor Macfarlane aveva riacquistato, parlando, una certa albagia e sicurezza, ma l'insolita energia di quel rifiuto lo rigettò nel primitivo stato di confusione.

Su quel volto quasi venerabile comparve, per svanire quasi subito, un'espressione orribile e ripugnante. « Caro mio » disse « sia come vuoi. Non avevo la minima intenzione di offenderti. Non voglio impicciarmi degli affari degli altri. Ti lascerò il mio indirizzo, ad ogni caso... »

« Non lo voglio... non voglio conoscere il tetto che ti ripara » l'interruppe l'altro. « Ho sentito pronunciare il tuo nome ed ho avuto paura che fossi proprio tu. Ho voluto rendermi conto se, dopo tutto, esiste un Dio. Ma ora vedo che non ne esiste alcuno. Vattene! »

Era ancora piantato lì, al centro del tappeto, fra l'uscio e la scala, e il luminare della medicina londinese sarebbe stato costretto a sgusciare di lato per poter fuggire. Era evidente che indugiava al pensiero di affrontare una simile umiliazione. Per quanto pallido fosse, un guizzo minaccioso balenò nei suoi occhiali, ma mentre ancora indugiava, incerto, si rese conto che il vetturino del calesse aveva allungato il collo per vedere dalla via quella scena inconsueta, e quasi nel contempo scorse con la coda dell'occhio il nostro crocchio, raccolto nell'angolo presso il bancone. La presenza di tanti testimoni l'indusse a cercar di sparire subito. Si raccolse in se stesso e, strusciando contro il battiscopa, guizzò come una serpe per raggiungere l'uscio. Ma i suoi triboli non erano ancora finiti perché, mentre passava, Fettes l'afferrò per un braccio e gli disse alcune parole che, per quanto sussurrate, risultarono penosamente distinte: « L'hai rivisto? ».

Il facoltoso luminare di Londra gridò forte; un urlo acuto e strozzato, poi con uno spintone gettò in mezzo alla sala il suo interlocutore e, agitando le mani sopra la testa, sgattaiolò via come un ladro colto in flagrante. Prima che a qualcuno di noi fosse venuta l'idea di muoversi, il calesse stava già trottando verso la stazione. La scena s'era dileguata come un sogno, un sogno che tuttavia aveva lasciato tracce e indizi del suo passaggio. Il giorno appresso il garzone raccolse sulla soglia, infranti, i begli occhiali cerchiati d'oro e quella sera stessa eravamo tutti vicini alla vetrina del bar, col fiato sospeso; e accanto a noi c'era Fettes, lucido di mente, esangue e risoluto.

« Dio ci protegga, signor Fettes » disse il proprietario, che aveva ripreso per primo l'abituale dominio di sé; « che cosa vuol dire tutto questo? Sono strane le parole che avete pronunciato. »

Fettes si volse verso di noi e ci guardò uno ad uno, sul muso. « Badate di tenere il becco chiuso » disse. « Quel Macfarlane è un individuo pericoloso se uno ci ha a che fare; quelli a cui è capitato, se ne sono pentiti troppo tardi. »

Poi, senza nemmeno finire il terzo bicchiere e tanto meno attendere gli altri due, ci salutò e uscì sotto la lanterna della locanda, nella notte buia.

Noi tre tornammo ai nostri posti nella saletta, dinnanzi ad un fuoco gagliardo e al chiarore di quattro candele, e mentre ricapitolavamo l'accaduto il gelo iniziale della sorpresa non tardò a mutarsi in curiosità pungente. Restammo fino a tardi; fu la riunione più lunga a cui abbia preso parte al vecchio « George ». Prima di separarci, ognuno di noi aveva formulato la sua brava congettura di cui si sentiva impegnato a fornire le prove. L'incombenza più pressante che aveva ognuno di noi era quella di frugare nel passato del nostro dannato compare e svelare il segreto che lo accomunava al celebre medico di Londra. Non è per vanteria, ma sono convinto che ero molto più tagliato degli altri della combriccola del « George » a ricostruire una vicenda; e forse al giorno d'oggi non c'è nessun altro in grado di narrarvi gli eventi che seguono, sordidi e contro natura.

In gioventù Fettes studiava medicina all'università di

Edimburgo. Non gli mancava un certo bernoccolo, il bernoccolo di chi sa afferrare a volo quel che sente e lo spaccia subito per proprio. A casa non si affaticava, ma al cospetto dei docenti era educato, pronto e attento. Ben presto lo notarono come un ragazzo che sapeva ascoltare e ricordare ancor meglio. Già, per quanto mi abbia sorpreso quando me l'hanno riferito la prima volta, allora godeva della simpatia del prossimo per il suo aspetto esteriore. A quel tempo le lezioni di anatomia erano tenute da un docente esterno al quale mi riferirò con la lettera K—.[1] In seguito il suo nome sarebbe diventato anche troppo famoso. Infatti l'uomo che portava quel nome sgattaiolava travestito per le vie di Edimburgo, mentre la plebaglia, che applaudiva all'esecuzione di Burke, reclamava il sangue di chi gli aveva commesso il lavoro. Ma il signor K— era allora all'apice della fama; godeva di una vera e propria nomea dovuta in parte alle sue doti effettive e in parte all'insipienza del suo rivale, il professore dell'università. Gli studenti, almeno, giuravano sul suo nome e quando Fettes si assicurò il favore di quella meteora, fu convinto, e gli altri con lui, di aver gettato le basi di un sicuro successo. Il signor K— era un « bon vivant » e un insegnante di valore, gli piaceva chi sa darla ad intendere, quanto chi si prepara con meticolosità. E in entrambe le doti Fettes non mancò di farsi notare. Al secondo anno godeva di una posizione semistabile di dimostratore in seconda o di vice assistente del proprio corso.

Come tale, la sorveglianza del teatro anatomico e della sala delle lezioni ricadeva particolarmente su di lui. Doveva rispondere della pulizia degli ambienti e della condotta degli altri studenti, inoltre toccava a lui prendere in consegna e smistare i vari soggetti. Proprio in relazione a quest'ultima faccenda, che a quel tempo era piuttosto delicata,[2] lo avevano sistemato dal signor K—, nella stessa ala, e quindi nello stesso edificio che comprendeva le sale di dissezione. E qui, dopo una notte di turbinosi piaceri, con le mani ancora malferme e la vista confusa e annebbiata, doveva levarsi dal letto nelle ore buie che precedono l'alba invernale al richiamo dei lerci, disperati sciacalli che rifornivano i tavoli. Era a questi individui, divenuti da allora in poi simbolo di infamia in tutto il paese, che egli apriva la porta. Doveva aiutarli a trascinare il loro tragico fardello, sborsar loro la sordida somma e, quando se n'erano andati, restare solo in compagnia di quegli scostanti resti umani. Poi abbandonava tale scena e tornava a letto per un'ora o due, onde porre riparo alle dissipazioni notturne e avere una mente fresca per le fatiche giornaliere.

Sarebbe stato difficile trovare altri giovani insensibili come lui alle impressioni d'una vita trascorsa a quel modo, fra le insegne della morte. Aveva una mente refrattaria nei confronti di ogni considerazione d'ordine generale. Schiavo dei propri desideri e delle proprie basse ambizioni, era incapace di avvertire il minimo interesse per le sorti degli altri. Gelido, incurante, egoista fino all'estremo, era tuttavia dotato di quella istintiva prudenza, alla quale si dà a torto il nome di moralità, che impedisce alla gente di lasciarsi andare ad una smodata ubriachezza o a veri reati di ladrocinio. E poi bramava avere la considerazione dei suoi maestri e degli allievi, per cui non intendeva commettere in pubblico atti troppo sconsiderati. Così l'obiettivo principale del suo piacere fu di raggiungere una certa distinzione negli studi e di rendere irreprensibile, giorno dopo giorno, il servizio di sorveglianza al signor K—, che lo aveva chiamato a quel compito. Compensava le fatiche della giornata con notti consacrate a godimenti sfrenati e illeciti. Allorché aveva pareggiato il bilancio, l'organo a cui dava il nome di coscienza si dichiarava soddisfatto.

L'approvvigionamento di soggetti anatomici costituiva un grattacapo continuo per lui e per il suo maestro. Il corso era così affollato e solerte, che la materia prima dell'anatomo si esauriva alla svelta; d'altra parte il commercio a cui dovevano ricorrere non solo era in sé ripugnante, ma implicava altresì conseguenze pericolose per coloro che vi fossero coinvolti. Per quanto concerneva quel commercio, il signor K— seguiva la politica di non porre domande. « Loro portano il corpo e noi paghiamo », questo era il motto che faceva leva sull'allitterazione *quid pro quo*. O magari in maniera ancor più irriverente: « Non fate domande » diceva ai suoi assistenti, « per il bene della vostra coscienza ». Non c'erano segni che potessero far sospettare che quei soggetti venissero procacciati per mezzo del delitto. Se un'idea simile fosse stata espressa verbalmente al suo cospetto, ne sarebbe rifuggito con un moto d'orrore; eppure la leggerezza con cui parlava di una faccenda tanto grave suonava essa stessa come un'offesa alle buone regole di vita, e una tentazione per gli individui con i quali trafficava. Fettes, ad esempio, era rimasto sorpreso con se stesso, e più di una volta, dinnanzi alla straordinaria freschezza dei cadaveri. Lo avevano colpito ogni volta gli sguardi da veri pendagli da forca di quegli abominevoli figuri che lo venivano a chiamare prima dell'alba; e ricollegando i fatti senza alcun infingimento, nella propria testa, è probabile che attribuisse un significato troppo immorale e troppo categorico ai consigli avventati del maestro. Per farla breve si rese conto che il suo compito implicava un triplice atto: prendere ciò che portavano, sborsare i soldi pattuiti, chiudere gli occhi dinnanzi a qualsiasi segno di delitto.

Una mattina di novembre questa politica del silenzio venne posta bruscamente alla prova. Era restato sveglio tutta la notte con un mal di denti terribile, passeggiando avanti e indietro per la stanza come un animale in gabbia o buttandosi disperato sul letto. Poi era caduto nel sonno profondo e agitato che segue sovente ad una nottata di tormento, allorché fu svegliato dal segnale convenuto che stavano ripetendo con stizza giù in strada per la terza o quarta volta. C'era un sottile, lucente chiarore di luna; era un freddo tremendo, tirava vento ed era gelato. La città non era ancora sveglia, ma un brusio indefinito già preludeva al rumore e all'andirivieni del giorno. I vampiri erano venuti più tardi del solito e sembravano impazienti come non mai di andarsene. Inebetito dal sonno, Fettes li scortò di sopra con la lampada. Sentiva le loro voci irlandesi che mugolavano come fosse in un sogno, e mentre sfilavano dal sacco quella triste mercanzia se ne stava con le spalle addossate al muro, la testa che gli pencolava dal sonno. Poi dovette tornare in sé per andare a prendere il denaro a quei tali. Nel far ciò, i suoi occhi caddero sul volto della salma. Trasalì, s'avvicinò di due passi sollevando il moccolo.

« Dio Onnipotente! » gridò. « Ma questa è Jane Galbraith! »

Quelli non risposero e strisciarono più vicini alla porta.

« La conosco, vi dico » proseguì. « Ieri sera era ancora viva e vegeta. Non è possibile che sia morta; non è possibile che abbiate avuto questo corpo secondo le regole. »

« Vi sbagliate di grosso, signore » disse uno di loro.

Ma l'altro guardò Fettes negli occhi, con una luce dura, e pretese i soldi a tamburo battente.

Era impossibile far finta di non capire la minaccia o di esagerare il pericolo. Il giovane si sentì venir meno, balbettò qualche scusa, contò il denaro e guardò andarsene quegli odiosi visitatori. Quando si furono allontanati si affrettò a cercare una conferma dei propri sospetti. Identificò la ragazza, con la quale aveva scherzato il giorno prima, da una dozzina di segni che non lasciavano dubbi. Sul corpo scorse con orrore quelle che avrebbero potuto dirsi tracce di violenza. Fu preso dal panico e corse a rinchiudersi in camera sua. Rimase a lungo a riflettere sulla scoperta che aveva fatto e a considerare a mente fredda il risultato delle istruzioni formulate dal signor K— e al pericolo che correva lui stesso di venir coinvolto in un affare così grave; alla fine, roso dall'incertezza, decise di aspettare i consigli del suo diretto superiore, l'assistente effettivo.

Era questi un giovane medico, Wolfe Macfarlane, l'idolo di studenti scioperati, abile, dissoluto e del tutto privo di scrupoli. Aveva viaggiato all'estero dove aveva condotto i suoi studi. Ostentava maniere gradevoli, ma non prive di una punta di presunzione. In fatto di teatri era un'autorità e un asso sia che calzasse i pattini da ghiaccio o impugnasse la mazza da golf. Vestiva con eleganza eccentrica e, come tocco finale per quella sua aureola di superiorità, possedeva un calessino e un bel trottatore. Aveva confidenza con Fettes, d'altronde le posizioni che ricoprivano imponevano loro una certa comunanza. E quando il materiale scarseggiava, i due solevano addentrarsi a fondo nelle campagne con il calessino di Macfarlane e sgusciare furtivi in qualche solitario camposanto, compiere opera di profanazione e ritornare prima dell'alba con il loro bottino alla porta della sala anatomica.

Proprio quella mattina Macfarlane arrivò un po' prima del solito. Fettes l'udì, gli andò incontro per le scale, gli narrò l'accaduto e gli mostrò il motivo delle sue apprensioni. Macfarlane esaminò i segni sul corpo della ragazza.

« Sì » disse con un cenno d'assenso « la faccenda puzza. »

« Be', cosa devo fare? » chiese Fettes.

« Fare » gli fece eco l'altro « vuoi proprio fare qualcosa? Meno se ne parla meglio è, direi. »

« Qualcun altro potrebbe riconoscerla » obiettò Fettes. « La conoscevano tutti, come la Rocca del castello. »

« Speriamo di no » disse Macfarlane « e se poi capita... be', tu di' che non l'avevi riconosciuta, capito? E la faccenda è chiusa. Il fatto è che questa storia dura da troppo tempo e se ti metti ad agitare le acque, finisci per cacciare K— in un maledetto imbroglio. Anche tu ti troveresti nei pasticci, ed io con te, se ci pensi. Mi piacerebbe sapere che faccia avrebbe uno di noi, e che diavolo potrebbe dire a sua discolpa sul banco dei testimoni in qualsiasi tribunale cristiano. Per me, sai, c'è un'unica cosa certa... e, per dirla franca, tutti i nostri soggetti sono stati assassinati. »

« Macfarlane! » gridò Fettes.

« E via, ora » ghignò l'altro « come se non l'avessi sospettato anche tu! »

« Ma una cosa è avere il sospetto... »

« E un'altra avere le prove. Sì, lo so, e mi dispiace quanto te che sia successo qui. » E così dicendo prese a colpire con la bacchetta la salma. « Ora la miglior cosa che mi resta da fare è non riconoscerlo e » aggiunse in tono gelido « non lo riconosco! Se credi, fallo tu. Non impongo nulla, ma penso che un uomo di mondo farebbe come faccio io; e credo di poter aggiungere che è quanto K— si aspetta da noi. Chiediti perché ha scelto noi come assistenti; e ti rispondo che non voleva donnette d'attorno. »

Questo era il verso migliore per far breccia nella mente di un giovane come Fettes. E questi convenne di seguire l'esempio di Macfarlane. Il corpo della sciagurata venne sezionato e nessuno dette segno di riconoscerla.

Un pomeriggio, terminato il lavoro, Fettes capitò in una taverna d'infimo ordine e vi trovò Macfarlane seduto con uno sconosciuto. Questi era un uomo piccolo, esangue, scuro e con gli occhi neri come il carbone. Una certa distinzione dei tratti prometteva acume e raffinatezza che in realtà avevano ben scarsa corrispondenza nel modo di fare, poiché costui, conosciuto un po' più da vicino, si dimostrò grossolano, volgare e stolto. Tuttavia esercitava un controllo straordinario su Macfarlane: impartiva ordini come il Gran Pascià, andava in bestia alla minima discussione o indugio ed esprimeva commenti offensivi sul servilismo di chi obbediva ai suoi comandi. Questo essere abominevole mostrò di prendersi una vera scuffia per Fettes, non smise di offrirgli da bere e lo onorò di insolite confidenze sulla sua passata carriera. Se fosse stato vero solo la decima parte di quanto aveva confessato, non si poteva che definirlo uno spregevole delinquente. E la vanità del giovane fu stuzzicata dalle attenzioni di un uomo di tanta esperienza.

« Posso dire di essere un poco di buono » commentò lo sconosciuto « eppure Macfarlane è mio allievo... Toddy, Macfarlane, lo chiamo io. Toddy, ordina un altro bicchiere per il tuo amico. » Oppure capitava che gli dicesse: « Toddy alzati e vai a chiudere la porta ».

« Toddy mi odia » diceva ancora « Oh, Toddy, tu mi odi! »

« Non chiamarmi con quel maledetto soprannome » ringhiò Macfarlane.

« Sentilo! Hai mai visto i giovani tranciar di coltello?

A lui piacerebbe usarlo su tutto il mio corpo » commentava lo sconosciuto.

« Noi medici abbiamo metodi migliori » disse Fettes « quando un nostro amico estinto non ci va a genio lo sottoponiamo a dissezione. »

Macfarlane si volse con uno sguardo truce, come se la battuta non fosse di suo gradimento.

Trascorse il pomeriggio. Gray, tale era il nome del forestiero, invitò Fettes a restare a cena con loro, fece imbandire un festino così sontuoso che mise a soqquadro quella stamberga, e quando furono sazi ingiunse a Macfarlane di saldare il conto. Allorché si separarono era molto tardi e quel tale, Gray, era ubriaco fradicio; Macfarlane, reso lucido da una rabbia forsennata, rimuginava su tutti quei soldi che era stato costretto a sborsare e sui rospi che aveva dovuto ingoiare. Fettes, con la testa che gli rintronava per le svariate libagioni, tornò a casa con passo malfermo e la mente che gli sembrava galleggiare. Il giorno appresso Macfarlane non si fece vivo a lezione e Fettes sogghignò nell'immaginarlo mentre seguiva come un valletto quell'insopportabile di un Gray da una bettola all'altra. Non appena suonò la fine della lezione, andò a dare una sbirciata nelle bettole della città, in cerca dei compari della sera prima. Ma non gli riuscì di scovarli da nessuna parte. Così tornò presto a casa, si coricò di buonora e dormì il sonno del giusto.

Alle quattro del mattino fu svegliato dal ben noto richiamo. Quando discese alla porta rimase sbalordito nel vedere Macfarlane con il suo calessino e, nel calessino, uno di quei lunghi, spettrali involucri che gli eran così familiari.

« Come! » gridò. « Sei andato da solo? E come sei riuscito a farcela? »

Macfarlane lo zittì bruscamente, ordinandogli di pensare al lavoro. Quando ebbero portato il corpo di sopra e l'ebbero deposto sul tavolo, Macfarlane dapprima fece per andarsene, poi si fermò come se esitasse. Quindi: « È meglio che tu lo guardi subito » disse con una certa riluttanza. « Sì, molto meglio » ripeté, mentre Fettes lo fissava stupito.

« Ma dove l'hai trovato, quando, e come? » gridò l'altro.

« Guarda la faccia » fu l'unica risposta.

Fettes si sentiva come tramortito. Strani dubbi lo assalivano. Volse lo sguardo dal giovane dottore al corpo e poi di nuovo al primo. Infine, con uno strappo, eseguì l'ordine. Quel che videro i suoi occhi se l'aspettava già, eppure il colpo fu tremendo. Lo scorgere immobile nella rigidità della morte, nudo entro la ruvida tela di sacco, l'uomo che aveva lasciato nei suoi panni e satollo di cibo e di peccato sulla soglia della bettola, risvegliò persino nell'insensibile Fettes un brivido della coscienza. Gli risuonò nell'animo il *cras tibi*, poiché era la seconda delle persone che aveva conosciuto ad approdare su quei gelidi tavoli. E tuttavia erano solo pensieri secondari. La preoccupazione principale riguardava Wolfe. Del tutto impreparato ad una prova così decisiva, non sapeva come sollevare lo sguardo in faccia al compagno. Non osava incontrare i suoi occhi e non trovava parole, e nemmeno un fil di voce.

Fu lo stesso Macfarlane a rompere il ghiaccio. Avanzò pian piano, di dietro, e posò una mano sulla spalla dell'altro con un gesto pacato, ma fermo.

« A Richardson » disse « potresti assegnare la testa. »

Richardson era infatti uno studente che da molto tempo smaniava di poter notomizzare quella porzione del corpo umano. Non ci fu risposta, per cui l'assassino riprese:

« Parlando in termini di lavoro, devi pagarmi; devi tenere i registri contabili aggiornati, capisci. »

Fettes tirò fuori una voce che sembrava lo spettro della sua: « Pagarti! » gridò. « Pagarti per questo? »

« Ma certo che devi. Devi farlo in tutti i casi e sotto ogni punto di vista » replicò l'altro. « Non posso cedertelo per niente, né tu puoi accettarlo a simili condizioni: ci comprometterebbe entrambi. Questo è un caso simile a quello di Jane Galbraith. Quanto più marce sono le cose, tanto più dobbiamo far finta che tutto sia in ordine. Dove tiene i soldi il vecchio K—? »

« Là » rispose Fettes con voce roca, additando una credenza nell'angolo.

« Passami la chiave, allora » disse l'altro imperterrito, allungando la mano.

Un attimo di indugio: e il dado fu tratto. Macfarlane non riuscì a controllare una contrazione nervosa, guizzo infinitesimale d'un immenso sollievo, appena strinse la chiave fra le dita. Aprì la credenza, tirò fuori la penna, il calamaio e un registro infilato in uno scomparto, poi contò una somma adeguata al caso e la tolse al denaro depositato in un cassetto.

« Ora, guarda » disse « ecco il pagamento dovuto... prima prova della tua buona fede e il primo passo che ti assicura l'impunità. Ora devi farne un secondo: registra il pagamento e, da parte tua, puoi anche sfidare il demonio. »

Nei pochi secondi che seguirono i pensieri di Fettes furono tesi allo spasimo. Ma nel porre sulla bilancia la paura, fu il sentimento più immediato a sovrastare gli altri. Si sarebbe augurato qualunque inconveniente futuro, pur di evitare nell'immediato una lite con Macfarlane. Depose la candela che aveva tenuto in mano per tutto il tempo, poi registrò la data, la natura e la spesa dell'affare.

« E ora » disse Macfarlane « è giusto che i soldi vadano nelle tue tasche. Io mi son già ripagato. A proposito, quando un uomo di mondo s'imbatte in un pizzico di fortuna, si ritrova sempre qualche scellino in più nelle tasche... Quasi me ne vergogno, ma c'è una regola fissa in proposito: rifiutarsi di contrattare, non comprare manuali costosi, non restituire i debiti, contrarre prestiti senza mai concederne. »

« Macfarlane » cominciò a dire Fettes con una voce ancora piuttosto arrochita « per accontentarti ho infilato la testa in un cappio. »

« Per accontentarmi? » gridò Wolfe. « Ma via! Per quanto posso giudicare hai fatto quel che avresti dovuto fare per puro istinto di sopravvivenza. Mettiamo che io mi trovi nei pasticci, tu come te la passeresti? Questo secondo affare consegue direttamente dal primo. Mr. Gray non è che il seguito di Miss Galbraith. Sarebbe comodo cominciare e poi dire basta. Una volta iniziato, non ti puoi fermare: ecco come stanno le cose. Non c'è requie per i malvagi. »

La sensazione di essere stato giocato dalla sorte avvolse l'animo dell'infelice studente come una tenebra orrenda.

« Mio Dio! » gridò. « Ma cosa ho fatto? E quando ho cominciato? Essere nominato assistente del corso... in nome della ragione, che male c'è? Anche Service aspirava al posto e avrebbe potuto farcela. E si sarebbe trovato *lui* pure al punto in cui ora mi trovo *io*? »

« Amico mio » disse Macfarlane « che fanciullino sei! Che male te ne *è* venuto? E che male *può* venirtene se tieni il becco chiuso? Sentiamo, amico, lo sai cos'è la vita? Gli uomini si dividono in due categorie: i leoni e le pecore. Se sei pecora, prima o poi finirai stecchito su questi tavoli come Gray o Jane Galbraith; se sei un leone, continuerai a vivere e ad andare a cavallo come me, come K—, come tutti quelli che hanno sale in testa e coraggio. Vieni meno alla prima occasione. Guarda piuttosto K—! Amico caro, sei sveglio, hai fegato. Vai a genio a me e anche a K—. Sei nato per guidare il branco. E poi te lo dico io, sulla mia parola d'onore e sull'esperienza che ho della vita di qui a tre giorni te la riderai di queste paure, come un liceale che assiste a una farsa. »

Con ciò Macfarlane prese commiato e risalì il vicolo con il calessino per essere al chiuso prima dell'alba. Così Fettes rimase solo con i suoi rimorsi. Vedeva il tremendo pericolo in cui si trovava coinvolto. E vedeva con indicibile smarrimento che la sua debolezza era sconfinata e che, una concessione dopo l'altra, da arbitro del destino di Macfarlane qual era stato, era diventato suo complice, pagato e inerme. Avrebbe dato qualsiasi cosa pur di essere stato capace di trovare un briciolo di coraggio in quell'occasione, ma nemmeno gli balenò per la testa che ancora avrebbe potuto mostrare un po' di ardimento. Il segreto di Jane Galbraith e la maledetta registrazione nel libro-mastro gli tappavano la bocca.

Passarono le ore, arrivarono gli studenti e le membra dell'infelice Gray vennero distribuite all'uno e all'altro, senza che nessuno facesse osservazioni. Richardson poi andò in visibilio con la sua testa. Prima ancora che suonasse la campanella della libera uscita, Fettes fremette di gioia nel constatare quanto ormai erano prossimi alla salvezza.

Per due giorni continuò a tenere di vista lo spaventoso processo di travestimento.[3]

Il terzo giorno risbucò fuori Macfarlane. Disse che era stato poco bene, ma si rifece del tempo perduto impartendo direttive agli studenti con estremo vigore. Stette dietro soprattutto a Richardson con i migliori consigli che poteva dargli e lo studente, inorgoglito dagli elogi del dimostratore, s'infiammò di ambizione e gli sembrò di aver già guadagnato la medaglia.

Prima che passasse la settimana, la profezia di Macfarlane s'era avverata: Fettes aveva superato la paura e aveva dimenticato la propria viltà. Cominciò a tessersi le lodi per il coraggio che aveva avuto e finì per sistemare gli eventi nel suo cervello, in modo tale da poter volgersi indietro con orgoglio malsano. Con il complice si vedeva poco. Naturalmente si incontravano durante le esercitazioni e insieme prendevano ordini dal signor K—. Qualche volta scambiarono un paio di parole in privato e Macfarlane si mostrò sempre di una straordinaria gentilezza e cordialità. Era chiaro tuttavia che faceva di tutto per evitare ogni riferimento al comune segreto. Perfino quando Fettes gli bisbigliò all'orecchio di aver aderito ai leoni e di aver abbandonato le pecore, si limitò a sorridere facendogli segno di stare zitto.

Alla lunga maturò un'occasione che riportò i due in più stretto contatto. Il signor K— era ancora una volta a corto di materiale. Gli allievi non mancavano di zelo, mentre l'insegnante si vantava di essere sempre rifornito. Si seppe nel frattempo che era stata effettuata una sepoltura nel cimitero campagnolo di Glencorse. Il tempo non ha apportato cambiamenti al luogo in questione... Si trovava allora, come adesso, nei pressi di un crocevia, distante da luoghi abitati, sepolto dalle rame di sei cedri. I belati delle greggi sulle colline d'attorno, i ruscelli che scorrevano da un lato e dall'altro, l'uno che gorgogliava sonoro fra i ciottoli, l'altro che serpeggiava furtivo di gora in gora, il fremito del vento nei giganteschi, annosi castagni allora fioriti, e ogni sette giorni il rintocco della squilla e le antiche litanie del precettore, costituivano gli unici suoni nell'alto silenzio che sovrastava quella chiesina di campagna. Un « resuscitatore », per usare il nomignolo dispregiativo di allora, non era trattenuto da alcun senso di umana pietà: mostrare spregio e profanare la tomba e gli emblemi mortuari, i sentieri percorsi dai dolenti e dagli afflitti, le offerte e le lapidi poste dalle mani di chi resta, faceva parte del suo mestiere. Per niente respinto da un senso di naturale rispetto, il trafugatore di salme si sentiva attratto, per la facilità e la sicurezza dell'opera, dai cimiteri campestri dove l'amore si dimostra più tenace del solito e dove veri legami di sangue e di amicizia avvincono la comunità parrocchiale. I corpi che erano stati deposti sulla terra, in attesa gaudiosa di un differente risveglio, subivano quella frettolosa resurrezione, gravida di paura, al lume della lanterna e ad opera del badile e del piccone. La cassa veniva schiodata, sventrato il sudario e i miseri resti, avvolti in un sacco, erano sballottati per ore lungo sentieri solitari e senza il conforto della luna, per venire esposti all'estremo ludibrio dinnanzi agli sbadigli di una scolaresca.

Simili a due avvoltoi che piombano su un capretto morente, Fettes e Macfarlane si sarebbero calati su una tomba in quel luogo di requie, silenzioso e virente. La sposa di un contadino, una donna di sessanta anni nota soltanto per il burro che faceva e l'onesta conversazione, sarebbe stata strappata alla tomba, a mezzanotte, e portata, morta e ignuda, in quella lontana città in onore della quale soleva un tempo indossare gli abiti della festa. Il posto accanto alla sua famiglia sarebbe rimasto vuoto fino al giorno del giudizio, e le sue membra innocenti e quasi venerabili sarebbero state esposte all'estrema sagacia del dissettore.

Un pomeriggio, sul tardi, i due si misero in viaggio, ben intabarrati nei loro mantelli e con la scorta di una formidabile bottiglia. Pioveva a dirotto... una pioggia gelida, fitta e sferzante. Di tanto in tanto tirava una raffica di vento, smorzata peraltro dal velario di pioggia. Malgrado la boccia, fecero un viaggio mesto e silenzioso fino a Penicuik, dove avrebbero passata la sera. Si fermarono una volta per nascondere gli arnesi in un folto cespuglio nei pressi del cimitero, e un'altra al Fisher's Tryst per buttar giù un boccone dinnanzi al focolare e alternare le sorsate di whisky con un boccale di birra. Quando giunsero alla meta i due giovani dottori fecero riporre il calessino e rifocillare il cavallo, e poi si ritirarono in una saletta privata dove si misero a tavola per gustare le migliori pietanze e il miglior vino che la locanda fosse in grado di offrire. Il fuoco, le luci, la pioggia che batteva sui vetri, nonché l'incombenza gelida e straordinaria che li attendeva, contribuivano ad accrescere il gusto del cibo. E la loro cordialità cresceva ad ogni bicchiere. Ben presto Macfarlane allungò una pila di monete d'oro al compagno.

« Un omaggio » disse. « Fra amici questi piccoli, dannati favori non dovrebbero contare più d'uno zolfanello per accendere la pipa. »

Fettes intascò il denaro e accondiscese con la fedeltà dell'eco. « Sei un filosofo, tu » gridò. « Prima che ti avessi conosciuto ero un somaro. Tu e K—, perdio! farete di me un vero uomo. »

« Eccome se lo faremo! » consentì Macfarlane. « Un uomo? Sai che ti dico, che mi ci voleva proprio un uomo per tenermi su l'altra mattina. Ci sono parecchi quarantenni, grandi e grossi, che avrebbero vomitato alla vista di quel maledetto affare; ma tu, no... tu non hai perso la testa. Ti ho osservato. »

« Bene, e perché no? » rispose Fettes con vanteria. « La faccenda non mi riguardava. Da una parte non c'era da guadagnar nulla se non fastidi, dall'altra invece avrei potuto contare sulla tua gratitudine, ti pare? » E mentre lo diceva scosse la testa facendo tintinnare le monete.

Quelle parole suonarono sgradite all'orecchio di Macfarlane e gli ingenerarono una vaga inquietudine. Forse si rammaricava che il giovane allievo avesse ormai superato il maestro, ma non ebbe tempo di proferir verbo poiché l'altro continuò a sfornare una sequela di rumorose vanterie:

« Quel che conta è non aver paura. Ora, detto fra noi, in confidenza, non ho alcuna voglia di farmi appendere... questo è chiaro; ma ho un profondo disprezzo per ogni conversione, Macfarlane. L'inferno, Dio, il demonio, il giusto, il torto, il peccato, il delitto e tutto il solito repertorio di anticaglie... son buoni a spaventare un lattante, mentre gli uomini di mondo come tu ed io sono capaci del più sovrano disprezzo. Ecco, brindo alla memoria di Gray! »

Ormai si stava facendo troppo tardi. Secondo le disposizioni impartite, era stato condotto davanti alla porta il calessino con entrambi i fanali che irraggiavano un barbaglio di luce. I due giovani pagarono il conto e partirono. Lasciarono detto che si sarebbero diretti a Peebles, ed in effetti puntarono da quella parte finché furono fuori dalle ultime case del villaggio. A quel punto spensero i fanali e tornarono sui loro passi facendo un viottolo che portava a Glencorse. Non c'era alcun rumore che non fosse quello del loro transito e lo scroscio stridente e ininterrotto della pioggia. Era buio come la pece; di tanto in tanto il lucore biancastro d'un cancellino o d'un muretto serviva loro da occasionale punto di riferimento nelle tenebre. Ma per lo più erano costretti a procedere a passo d'uomo, quasi a tentoni, per raggiungere, in quel buio fragoroso, la loro destinazione remota e solenne. Nelle folte macchie che a tratti si estendono nei pressi del cimitero, venne loro meno anche l'ultimo lumicino, per cui furono costretti a strofinare un fiammifero e a riaccendere uno dei fanali del calesse. Così, sotto gli alberi che sgocciolavano e attorniati da enormi ombre fluttuanti, raggiunsero il luogo della loro fatica profanatrice.

Avevano entrambi una buona esperienza in queste faccende e sapevano scavare con lena. Erano intenti all'opera da una ventina di minuti appena, quando furono ricompensati dal tonfo sordo della pala sul coperchio di una bara. In quel medesimo istante Macfarlane si gettò dietro le spalle una pietra che gli aveva ferito una mano. La fossa, nella quale ormai affondavano fin quasi alle spalle, era situata quasi al limitare dello spazio sul quale era stato ricavato il cimitero, e il fanale del calessino era stato collocato in bilico accanto a un albero per meglio illuminare la scena, a ridosso del greppo che scendeva ripido verso il ruscello. Il caso aveva conferito una mira sicura alla pietra. Seguì il fragore di un vetro infranto; la notte rimpiombò sui due; l'alternarsi di suoni sordi e sferraglianti annunziava la precipite discesa del fanale lungo il dirupo e l'occasionale urto con gli alberi. Un paio di pietre, messe in movimento dal fanale, gli rotolarono dietro sin nel fondo del valloncello; poi il silenzio, fitto come la notte, riprese il sopravvento: i due avrebbero potuto tendere gli orecchi fino allo spasimo, ma nulla avrebbero colto all'infuori della pioggia che ora era battuta dal vento e ora scrosciava a dirotto su miglia e miglia di aperta campagna.

Erano ormai così prossimi alla conclusione dell'abominevole impresa, che ritennero di doverla comunque portare a termine, sia pure al buio. Tirarono fuori la cassa e schiodarono il coperchio, poi infilarono la salma nel sacco fradicio e in due la portarono al calessino. L'uno montò per tener fermo l'involucro, mentre l'altro, tenendo il cavallo per il morso, procedette a tentoni seguendo siepi e muretti finché sbucarono in una via più ampia nei pressi di Fisher's Tryst. Da quella parte proveniva un bagliore fioco, diffuso che pure salutarono come la luce del giorno. Furono così in grado di mettere il cavallo a passo lesto e cominciarono a trottare allegramente verso la città.

Durante il lavoro si erano bagnati fino al midollo e ora, mentre il calessino sobbalzava sulle profonde carraie, il fagotto che stava in precario equilibrio tra di loro cominciò a pencolare ora da una parte ora dall'altra. Ogni volta che uno di loro avvertiva quel contatto orribile, lo respingeva d'istinto e con non minor fretta. Per quanto naturale, il ripetersi di quelle oscillazioni cominciò a dar sui nervi dei due compari. Macfarlane tentò di abbozzare qualche sconcia battuta sulla moglie del contadino, ma gli sortì senza gusto dalle labbra e fu lasciata cadere in silenzio. Frattanto l'innaturale fardello continuava a ciondolare di qua e di là: a volte era il capo a posarsi, come in un gesto confidenziale, sulle loro spalle, a volte era un lembo del sacco madido d'acqua a sbattere loro sul volto, come un gelido schiaffo. Un brivido di freddo s'insinuò nell'animo di Fettes fino ad impossessarsene. Guardò l'involucro con la coda dell'occhio e in certo senso gli parve più grosso di prima. Da ogni punto della sconfinata campagna i cani da guardia accompagnavano il loro passaggio con lugubri ululati. Nella sua mente si fece più insistente l'idea che doveva essersi verificato un prodigio, che al corpo fosse successo un mutamento innominabile, e che l'ululato dei cani fosse dovuto alla paura di quell'empio fardello.

« Per amor di Dio » disse, parlando con grande sforzo « per amor di Dio, un po' di luce! »

Anche Macfarlane doveva covare un'analoga inquietudine perché, sebbene non dicesse nulla, fermò il cavallo, passò le redini al compagno, smontò e andò ad accendere l'unico fanale che restava. Erano arrivati nel frattempo non oltre l'incrocio, giù verso Auchendinny. Scrosciava come se incombesse un nuovo diluvio e non era facile accendere un fiammifero in quel finimondo d'acqua e di tenebra. Quando alla fine la tremula fiammella bluastra si comunicò allo stoppino e cominciò a rinvigorirsi e a schiarire, spandendo un ampio cerchio lucente nella vaporosa caligine attorno al calessino, i due poterono finalmente guardarsi l'un l'altro e quindi la cosa che si erano portati dietro. La pioggia aveva talmente inzuppato la rigida tela di sacco da far risaltare la sagoma del corpo che vi era avvolto: discernibile la testa dal tronco, chiaramente modellate le spalle. Un non so che di spettrale e di umano ad un tempo teneva inchiodati i loro occhi sul fantomatico compagno di viaggio.

Per un po' Macfarlane rimase impietrito, tenendo sollevata la lanterna. Un terrore senza nome s'era incollato, come un lenzuolo bagnato, attorno al corpo di Fettes e gli tirava la pelle sul volto esangue; sentì montargli al cervello una paura insensata, l'orrore di ciò che non poteva essere. Un solo istante e avrebbe parlato, ma lo precedette il compagno.

« Questa non è una donna » disse Macfarlane a voce bassa.

« Ma lo era quando l'abbiamo caricata » sussurrò Fettes.

« Solleva la lanterna » disse l'altro « devo vederla. »

Mentre Fettes prendeva la lampada, il suo compagno slacciò i legacci del sacco e liberò per prima la testa. La luce investì nitidamente i tratti scuri, ben modellati e le guance rasate di una fisionomia anche troppo familiare, che era apparsa più volte nei sogni di entrambi i giovanotti. Un urlo selvaggio risuonò nella notte; ognuno balzò dalla sua parte sulla via; la lanterna cadde, si ruppe e si spense mentre il cavallo, imbizzarrito da quell'insolito trambusto, balzò in avanti e fuggì verso Edimburgo, portando con sé l'unico passeggero del calessino: il corpo, morto e sezionato da tempo, di Gray.

Un capitolo sui sogni

Premessa al testo

Questa importante testimonianza su un aspetto della propria poetica fu composta da Stevenson nell'ottobre del 1887 e pubblicata nello "Scribner's Magazine" il 3 gennaio 1888, ove aprì una serie di dodici interventi critici. Secondo la testimonianza di una lettera scritta da Stevenson a Fanny, Un capitolo sui sogni *sarebbe stato provocato dalle domande poste allo scrittore durante una intervista a New York, aventi per oggetto il suo metodo compositivo. L'intervista apparve infatti sullo "Herald" di New York dell'8 settembre 1887 e due giorni dopo su "The Critic".*

Viene inserito in appendice alla presente edizione dello Strano caso del dottor Jekyll e del signor Hyde, *sia per lo specifico riferimento a questo romanzo e in genere al proprio metodo compositivo, sia come rivalutazione dello Stevenson "critico" ancor più negletto in Italia di quanto non lo sia lo Stevenson saggista. Chi scrive ha di recente annesso al "Meridiano" intitolato a* Romanzi, racconti e saggi *di R.L. Stevenson una sezione saggistica ispirata ai tre filoni che la compongono: quello letterario, quello memoriale e quello omiletico. Il fascino della saggistica letteraria di Stevenson è dovuto non solo alla sottile schermaglia intessuta con Henry James in merito al primato del romanzo (borghese) sul "romanzesco", bensì alla spigliata, sottilmente paradossale apologia di questo ultimo: «Se si esclude Shakespeare, il mio più caro e migliore amico è D'Artagnan... il primo d'Artagnan del* Visconte di Bragelonne ». *Chi voglia ricostruire la trama di quella categoria polimorfa che risponde alla definizione di "romanzesco" – nella quale confluiscono e si amalgamano il romanzo d'avventure, quello neogotico e quello poliziesco – in tempi anteriori alle provocatorie "difese" di G.K. Chesterton nei confronti del romanzo d'appendice, di quello "rosa" e di quello "giallo" (è in corso di stampa il gustosissimo volumetto* Il difensore *di G.K. Chesterton presso l'editore Sellerio), non può che basarsi sui saggi stevensoniani.*

Piccolo capolavoro d'ironia – e di autoironia – Un capitolo sui sogni *mette in evidenza come il nucleo onirico di tante storie stevensoniane venga per così dire "messo a profitto" (anche in termini economici) dal proprio autore e coscientemente calibrato al momento di essere trasposto sulla pagina tipografica. Ne risulta un genere di narrativa romanzesca fondata sulla* situazione d'avventure *in cui può ritrovarsi ogni uomo in quanto tale, a prescindere dagli istituti sociali e familiari che lo connotano. Tali istituti, anzi, servono al romanzo d'avventure non come forme compiute e delimitate – come accade nel romanzo psicologico-sociale – bensì come situazioni, momenti dell'intreccio. Per mutuare una definizione di M. Bachtin (Cfr.* Dostoevsky. Poetica e Stilistica, *Torino Einaudi, 1968, pag. 137), « Tuttu gli istituti sociali e culturali, i ceti, le classi, i rapporti familiari sono soltanto situazioni nelle quali può ritrovarsi l'uomo eterno e uguale a se stesso ». Tanto è vero che la "morale" del racconto assume un proprio rilievo incarnandosi e lasciandosi tentare nelle circostanze più insolite e inattese.*

Il saggio infine fornisce un'implicita risposta all'interrogativo che sovente ci si pone circa il piacere che traiamo dal racconto dell'orrore. Tale piacere nasce dal giuoco rassicurante che si stabilisce fra la minacciosa invadenza, a livello di enunciato, di un mondo terrificante, e la continua ricostituzione di una barriera protettiva, a livello di enunciazione, che può essere lo spazio tipografico, o quello della sala cinematografica. L'orrore del sogno nasce proprio dalla impossibilità di ricostituire questa barriera. Ciò che, nell'incubo, manca allo Stevenson bambino è il rapporto rassicurante con il corpo della madre, un rapporto che lascia passare anche le storie più spaventose e le rende piacevoli.

Il passato presenta una tessitura uniforme, simulato o sofferto che sia, messo in scena a tre dimensioni o seguito passivamente in quel teatrino del cervello che teniamo acceso e sfolgorante per tutta la notte, dopo che abbiamo smorzato i beccucci del gas e il buio e il sonno regnano indisturbati sul resto del corpo. È impossibile fare distinzioni basandoci sulle nostre esperienze; l'una è vivida e intensa, l'altra insignificante; l'una è piacevole, l'altra dolorosa da ricordare; eppure non c'è modo di dimostrare quale sia quella che definiamo autentica o quella che riteniamo frutto di un sogno. Il passato poggia su una base instabile: un altro lieve strappo nel campo della metafisica ed eccocene derubati. Non c'è famiglia che, pur essendo incapace di risalire oltre la quarta generazione, non vanti il diritto a qualche titolo in disuso o a qualche tenuta o castello, un diritto che sarebbe impossibile far valere in un'aula di tribunale, ma che pure solletica la fantasia e costituisce motivo di sollievo nelle ore d'ozio. Ancor meno valida è la rivendicazione dell'uomo nei confronti del proprio passato. Magari salta fuori un documento (proprio come accade nelle fiabe) dal cassettino segreto d'un antico scrittoio d'ebano che restituisce alla tua famiglia gli antichi onori che le competono, e le reintestano la miniera che si trova su un isolotto a occidente dell'India (non lontano da quello di Kitt, come la dolce nenia della tradizione bisbigliava ai miei orecchi di fanciullo), una miniera che un tempo era nostra e che ora appartiene ingiustamente a qualche altro, e che per questo (nello stato del commercio dello zucchero) non serve più a nessuno. Non dico che certe rivoluzioni non siano probabili; mi limito a sostenere che nessuno è in grado di dire che siano impossibili; e il passato, d'altro canto, è perduto per sempre: i nostri giorni di un tempo e le nostre azioni, persino noi stessi quali eravamo allora, e lo stesso modo nel quale queste azioni si svolsero, tutto va riducendosi a quello sbiadito residuo che è il sogno della notte scorsa, a poche immagini discontinue, a un'eco nella camera del cervello. Non ci è possibile rievocare nemmeno un'ora, né uno stato d'animo, né un colpo d'occhio; è tutto passato, irrevocabile. Eppure, se pensiamo che ne siamo stati derubati, se pensiamo a quel filo sottile della memoria che ci lasciamo penzolare dietro, interrotto poco oltre l'orlo della tasca, in quale nuda nullità ci sentiamo abbandonati! Infatti queste rappresentazioni del passato fatte d'aria costituiscono la nostra unica guida, l'unico termine per conoscere noi stessi.

Su questo argomento ci sono alcuni fra noi che pretendono di aver vissuto più a lungo e più intensamente dei loro simili; quando giacciono addormentati pretendono di essere più svegli che mai; e nel novero dei tesori della memoria che gli uomini passano in rassegna per diletto, i raccolti dei loro sogni vengon sempre per primi. Ne conosco uno proprio così, il cui caso è abbastanza singolare da meritare di essere descritto. Da bambino è stato un sognatore ardente ed inquieto. Quando aveva un attacco di febbre nel corso della notte, e la stanza si dilatava e si restringeva, e i suoi abiti, appesi ad un chiodo, sembravano ora sovrastarlo con l'immensità d'una chiesa, ora ritrarsi nell'orrore d'una distanza infinita e di una infinita piccolezza, quella povera stella era perfettamente consapevole di ciò che sarebbe seguito e lottava con tenacia contro le avvisaglie di quel torpore che segnava l'inizio delle sue angosce.[1] Ma la sua era una lotta inutile; prima o poi l'incubo l'avrebbe afferrato alla gola, l'avrebbe ridestato, boccheggiante e urlante, dal sonno. I suoi sogni a volte erano abbastanza comuni, altri molto strani; a volte erano quasi informi e si sentiva perseguitato, ad esempio, soltanto da un qualcosa di indefinito come una certa tonalità di bruno alla quale da sveglio non avrebbe prestato la minima attenzione, e che pure temeva e aborriva nel sogno; altre volte, invece, assumevano i dettagli del caso, come quando credette di dover ingoiare il mondo pieno di gente e si svegliò urlante e inorridito al solo pensiero. Le due principali preoccupazioni della sua limitatissima esistenza – quella pratica e quotidiana dei compiti di scuola e quella estrema e immaginaria dell'inferno e del giudizio [2] – si confondevano sovente in un unico incubo spaventoso. Gli sembrava di trovarsi al cospetto del Gran Trono Bianco; gli veniva ingiunto, povero scricciolo, di recitare qualche discorsetto rituale da cui sarebbe dipeso il suo destino; gli si impastava la lingua, la memoria gli spariva, mentre l'inferno spalancava le ganasce; allora si svegliava afferrandosi all'asta delle tendine con le ginocchia che gli battevano contro il mento.

Queste erano, nel complesso, esperienze assolutamente scarne, e a quell'età il mio sognatore avrebbe rinunciato volentieri alla sua facoltà onirica. Ma in breve volger di tempo, crescendo, le urla e gli spasimi si dileguarono per sempre, almeno in apparenza; le sue visioni erano ancora, per la maggior parte, penose, ma venivano sopportate sempre meglio; e i sintomi estremi che accompagnavano il suo risveglio erano le palpitazioni del cuore, i capelli ritti, i sudori freddi e il muto terrore di mezzanotte. Anche i suoi sogni, propri di una mente meglio stivata di dettagli, divennero più circostanziati e più aderenti alla continuità della vita. Poiché la vista del mondo cominciava a far presa sulla sua attenzione, lo scenario si dette a svolgere un ruolo essenziale, sia nei suoi sogni che nelle fantasticherie, per cui intraprendeva lunghi viaggi privi di eventi e visitava strane città e luoghi meravigliosi mentre giaceva coricato. E, quel che più conta, il gusto bizzarro, che lo affascinava, per i costumi georgiani e per i racconti ambientati in quel periodo della storia inglese, cominciarono a governare le sembianze dei suoi sogni; così che vi appariva camuffato con un tricorno ed era tutto preso dal complotto giacobita dall'ora di andare a letto a quella di colazione. Più o meno in quel periodo cominciò a leggere nei propri sogni; in genere si trattava di racconti, racconti in gran parte alla maniera di G.P.R. James, ma di gran lunga più vividi e coinvolgenti di qualsiasi libro stampato, tanto è vero che da allora ha sempre manifestato un certo scontento nei confronti della letteratura.

Poi, quando era ancora uno studente, gli capitò un'avventura onirica che non ha alcun desiderio di ripetere; in altre parole cominciò a sognare per intere sequenze e quindi a condurre una doppia vita – l'una diurna e l'altra notturna – l'una che aveva tutte le ragioni di credere vera, l'altra della quale non poteva in nessun modo dimostrare la falsità.[3] Avrei dovuto dire che studiava, o almeno ne aveva l'intenzione,[4] allo Edinburgh College, e fu questa (si suppone) l'occasione che me lo fece conoscere. Bene, nella sua vita sognante trascorreva la giornata intera nel teatro anatomico, il cuore in gola, i denti allegati, a guardare le mostruose malformazioni e l'odiosa abilità dei chirurghi.[5] Una sera opprimente, piovosa e piena di nebbia, sbucò nel South Bridge, girò su per High Street e infilò la porta di un'alta catapecchia in cima alla quale credeva di abitare. Per tutta la notte salì le scale, zuppo com'era, una rampa dopo l'altra in una serie che non finiva mai, e ogni due rampe il lampo abbacinante di un riflettore. Per tutta la notte sfiorò persone singole che scendevano – poveri mendicanti di strada, braccianti infangati e sfiniti, miseri spaventapasseri d'uomini, esangui parodie di donne – tutti quanti stanchi e intorpiditi come lui, tutti soli, tutti a strusciarsi contro di lui mentre passavano. Alla fine scorgeva, da una finestra che dava a settentrione, lo sbiancarsi del cielo sul Firth, smetteva di salire, si volgeva per scendere e si trovava in un soffio per strada, bagnato zuppo, nell'alba umida e stralunata, trascinandosi verso un altro giorno di mostruosità e di dissezioni. Il tempo correva più veloce nella vita di sogno, sette ore (per quanto poté intuire) si riducevano a una sola; e inoltre trascorreva più intenso, così che la tetraggine di queste fantasiose esperienze oscurava l'intera giornata e lui non riusciva a liberarsi di quell'ombra prima che fosse giunto il tempo di coricarsi di nuovo e di riviverle ancora. Non saprei dire per quanto tempo sopportò questa tortura, ma durò abbastanza a lungo da lasciargli una gran macchia nera sulla memoria, abbastanza a lungo da spedirlo, trepidante per la sua salute mentale, all'ambulatorio di un medico; e qui con una sola pozione fu restituito al consesso dei comuni mortali.

Da allora quel povero signore non fu più turbato da scene del genere; per un certo tempo le sue notti trascorsero come quelle degli altri, ora vuote, ora screziate dai sogni, e questi erano talvolta gradevoli, altre spaventosi, ma, se si eccettua qualche vivida sequenza occasionale, del tutto ordinari. Annoterò soltanto una di queste occasioni prima di passare a ciò che rende il mio sognatore estremamente interessante. Gli sembrava di essere al primo piano di una rozza fattoria collinare. La stanza sciorinava qualche misero tentativo di apparire accogliente, un tappeto sul pavimento, un pianoforte appoggiato, suppongo, alla parete; malgrado questi tocchi raffinati si trovava senza dubbio in una landa deserta, fra montanari, nel bel mezzo d'una brughiera. Guardava in basso, dalla finestra, su un'aia deserta che sembrava da tempo in disuso. Un'immobilità assoluta, sgradevole, gravava dattorno. Non c'era segno di vita: né degli abitanti della fattoria, né degli animali, salvo un vecchio cane scuro, ricciuto, della razza da riporto, accucciato contro la parete di casa con l'aria di sonnecchiare. Qualcosa di quel cane mise a disagio il sognatore; si trattava di un sentimento assolutamente inesprimibile, tanto più che la bestia sembrava abbastanza tranquilla – era infatti così decrepita, ottusa, coperta di polvere e sfinita che avrebbe semmai suscitato un senso di pena – eppure nel sognatore s'insinuò e crebbe la convinzione che non si trattasse di un cane vero e proprio, ma di un essere infernale. Miriadi di torpidi insetti estivi ronzavano nell'aia; all'improvviso il cane allungò una zampa, catturò una mosca nella palma aperta, se la portò alla bocca come una scimmia e, guardando tutto ad un tratto verso il sognatore alla finestra, gli ammiccò con un occhio. Il sogno proseguì non importa come; era un buon sogno, ma nella restante sequenza non c'era nulla che eguagliasse il diabolico cane scuro.[6] E il vero interesse consiste a mio avviso, almeno in parte, in questo fatto: avendo trovato un accadimento così singolare, il mio imperfetto sognatore doveva dimostrarsi incapace di condurre il racconto ad una conclusione idonea e di ricadere negli strepiti indescrivibili e negli orrori indiscriminati. Ora sarebbe stato diverso; conosceva meglio il proprio mestiere!

Infatti, per avvicinarsi all'ultimo punto: questo onesto individuo s'era abituato da tempo ad addormentarsi narrandosi storie, e così aveva fatto suo padre prima di lui; ma si trattava di invenzioni bislacche, giusto per il piacere del narratore, senza il minimo riguardo per il grosso pubblico o il rigido recensore: storie dove si poteva lasciar cadere un filo della narrazione o abbandonare un'avventura per un'altra al minimo sprazzo della fantasia. Di conseguenza quegli esserini che dirigono il teatrino interiore dell'uomo non avevano ancora ricevuto un addestramento molto rigoroso; e quindi recitavano sulla loro scena più come bambini che dovevano essere sgusciati in una casa e l'avevano trovata vuota, che come attori di professione che eseguono un pezzo stabilito dinnanzi a una marea di volti. Ma ora il mio sognatore cominciò a mettere (come si dice) a profitto il suo primitivo piacere di narrare storie, col che intendo dire che cominciò a scrivere e a vendere i suoi racconti. Eccolo dunque lui, e quegli esserini che eseguivano quella parte del suo lavoro, impegnati in condizioni affatto nuove. I racconti devono essere ora ben rifiniti, calibrati, conseguenti; devono avere un inizio e una fine e adeguarsi (secondo i canoni) alle leggi della vita; per farla breve, il piacere era diventato un affare, e ciò riguardava non solo il sognatore, ma anche gli esserini del suo teatro. Questi ultimi compresero come lui il mutamento. Quando si apprestava a dormire, non cercava più il divertimento, bensì racconti che potessero essere stampati e dar profitto; e dopo essersi appisolato nel palco, i suoi esserini continuavano le evoluzioni seguendo il medesimo intento commerciale. Tutte le altre forme di sogno lo abbandonarono ad eccezione di un paio: di tanto in tanto legge ancora i libri più piacevoli e di tanto in tanto visita i più piacevoli luoghi; ed è forse degno di nota il fatto che ritorna ad intervalli di mesi e di anni in questi stessi luoghi, e in uno in particolare, ove trova nuovi sentieri, visita nuovi sobborghi, osserva quella felice vallata sotto gli effetti mutevoli del mezzogiorno, dell'alba e del tramonto. Quanto al resto della famiglia delle sue visioni, è andato tutto perduto: la versione banale e storpiata delle faccende del giorno prima, l'incubo sanguinario e truculento, che si dice sia la conseguenza del formaggio abbrustolito – tutto questo e roba consimile è sparito; e per la maggior parte, sia da sveglio che addormentato, è semplicemente preso – lui o i suoi esserini – dal tessere coscientemente delle storie per il mercato. Questo sognatore (come tanta altra gente) è incorso in certi insignificanti alti e bassi della fortuna. Quando la banca comincia a inviare tratte e il macellaio a indugiare presso l'uscita di servizio, mette al lavoro il proprio cervello per inventare una storia, perché è questa che gli procaccia denaro sonante; e, guarda!, anche i suoi esserini cominciano subito a darsi da fare nella ricerca e faticano tutta la notte, e tutta la notte gli sottopongono brandelli di racconti sul loro teatro illuminato. Non teme più ormai di restarne spaventato; le palpitazioni di cuore e i capelli ritti sono roba di tanto tempo fa. L'applauso, l'applauso crescente, il crescente interesse, la crescente esultanza per la propria bravura (perché tutto il merito va a lui), e alla fine un gaudioso risveglio con il grido « Ce l'ho, questo andrà bene! » sulle labbra: con queste e simili emozioni assiste a queste rappresentazioni notturne, con queste e analoghe esclamazioni, come Claudio commenta l'esecuzione nel bel mezzo del dramma.[7] Abbastanza spesso il risveglio è una delusione: ha dormito troppo della grossa, così almeno credo, il torpore s'è impadronito dei suoi esserini i quali hanno cominciato a incespicare e a parlare a vanvera confondendo le parti; con il risultato che, alla mente ormai sveglia, la rappresentazione si dimostra una serie di assurdità. Eppure quanto sovente questi insonni folletti gli hanno reso un valido servizio e gli hanno procurato, mentre se ne stava ozioso e a suo agio nel palco, migliori racconti di quanto avrebbe saputo far lui.

Eccone uno, proprio come gli venne. Sembrava che fosse il figlio di un uomo straricco e malvagio, un gran possidente terriero dal carattere intrattabile. Il sognatore (che era poi suo figlio) era vissuto per lungo tempo all'estero, proprio per evitare il genitore; e quando alla fine tornò in Inghilterra, fu per trovarlo sposato di nuovo con una giovane donna che si diceva dovesse sopportarle di cotte e di crude e aborrirne il giogo. A causa di questo matrimonio (come il sognatore capì d'istinto) sarebbe stato opportuno che padre e figlio s'incontrassero; ma poiché erano entrambi orgogliosi e iracondi, nessuno dei due prendeva l'iniziativa. Alla fine furono d'accordo di incontrarsi in un luogo squallido e sabbioso in riva al mare; e qui litigarono e il figlio, ferito da un insulto insopportabile, colpì a morte il padre. Non sorsero sospetti su di lui; il corpo fu ritrovato e sepolto, e il sognatore ereditò le vaste tenute e si ritrovò a vivere sotto il medesimo tetto con la vedova di suo padre, alla quale non era stato lasciato nulla. Questi due conducevano un'esistenza solitaria, come si addice a gente in lutto, sedevano alla medesima tavola, trascorrevano assieme le lunghe serate e col tempo divennero migliori amici; finché, ad un tratto, a lui sembrò che la donna ficcasse il naso in faccende pericolose, che avesse in qualche modo intuito una sua qualche colpevolezza, che l'osservasse e lo mettesse alla prova con delle domande. Lui si ritrasse dalla sua compagnia come ci si ritrae da un precipizio che si scopre all'improvviso; eppure era tale l'attrazione, che si sarebbe lasciato andare ancora una volta alla intimità di un tempo, per farsi respingere ancora una volta da qualche domanda allusiva o da qualche inesplicabile sguardo dei suoi occhi. Vivevano dunque con finalità incrociate un'esistenza piena di frasi interrotte, sguardi pieni di sfida e soffocate passioni, finché un giorno scorse la donna sgusciare via di casa avvolta in un velo, la seguì alla stazione, la seguì in treno verso la costa, oltre le colline di sabbia fino al luogo dov'era avvenuto il delitto. La donna si dette a frugare a caso fra i cespugli di sparto mentre lui la teneva d'occhio steso a terra; [8] ora lei stringeva qualcosa in mano – non ricordo cosa fosse, ma era senz'altro una prova schiacciante contro il sognatore – e mentre la sollevava per guardarla le scivolò un piede, forse a causa della sorprendente scoperta, e fu sul punto di correre un grave pericolo protesa sull'orlo d'un alto dirupo sabbioso. Non ebbe altro pensiero che balzare in avanti per salvarla; e così si trovarono faccia a faccia, lei con quello strumento di morte in mano, lui che costituiva un'altra prova con la sua presenza in quel posto. Lei stava per parlare, ma lui non l'avrebbe sopportato – avrebbe sopportato la propria rovina, ma non di discuterne con colei che l'avrebbe provocata, e così tagliò corto parlando d'altro. Tornarono insieme al treno, sottobraccio, fecero il viaggio di ritorno nel medesimo scompartimento, sedettero a tavola per cenare e trascorsero la serata in salotto come ai vecchi tempi. Ma il dubbio e l'incertezza covavano nell'animo del sognatore. "Non mi ha ancora denunciato" così pensava, "ma quando lo farà? Lo farà domani?" Ma non lo fece il giorno appresso, né quello seguente, né l'altro ancora; e la loro vita riprese a scorrere come prima, con l'unica differenza che ora la donna sembrava più gentile di un tempo, e che lui, giorno per giorno trovava talmente insopportabile l'angoscia del dubbio, da deperire pian piano come un uomo divorato da una malattia. Una volta, poi, infranse ogni regola, colse l'occasione della di lei momentanea assenza, mise a soqquadro la sua camera e alla fine, nascosta fra i gioielli, trovò la fatidica prova. Eccolo dunque mentre stringe questo oggetto, che è la sua vita, nel cavo della mano, interrogandosi sulla incomprensibile condotta della donna che l'aveva cercata, l'aveva trovata, ma non ne aveva fatto alcun uso; poi si aprì la porta ed eccola sulla soglia. E ancora una volta si trovarono viso a viso con quella prova fra di loro; e ancora una volta la donna sembrò sul punto di parlare, e ancora una volta lui glielo impedì e tagliò corto. Prima di lasciare la camera, comunque, che aveva messo sottosopra, depose il proprio certificato di morte dove l'aveva trovato, e a quel gesto il volto di lei s'illuminò. Poi sentì che la donna spiegava alla propria cameriera, con ingegnosa falsità, perché regnava tutto quel trambusto in camera sua. Sopportare più a lungo quella tensione sarebbe stato impossibile e quindi penso che il giorno appresso (per quanto la cronologia sia piuttosto opinabile nel teatro della mente), uscisse dal proprio riserbo. Avevano fatto colazione insieme in un angolo di un salone ad assito, spoglio di mobili ma con molte finestre; per tutto il tempo lei l'aveva messo alla tortura con allusioni maliziose; e non appena la servitù se ne fu andata e i due protagonisti furono soli, lui balzò in piedi. Anche lei si levò di scatto, pallida in volto; e pallida in volto ascoltò i suoi farneticanti lamenti: perché lo torturava a quel modo? lei sapeva tutto, sapeva che non le era ostile, perché allora non lo denunciava subito? cosa significava il suo comportamento? perché lo torturava? e ancora di nuovo, perché la torturava? E quando ebbe finito, lei cadde in ginocchio e, a mani tese: « Ma non capisci? » gridò, « Io ti amo! ».

A questo punto, il sognatore si svegliò con un improvviso senso di stupore e con il piacere del commerciante. Comunque il piacere del commerciante fu di breve durata, perché ben presto fu chiaro che in questo animato racconto c'erano elementi ben poco commerciali, ed è questa la ragione per cui lo trovate qui riassunto in poche parole. Ma il senso di meraviglia è continuato a crescere e penso che succederà lo stesso al lettore, se vorrà considerarlo nella sua compiutezza. Inoltre ora s'accorge perché parlo degli esserini come di effettivi inventori ed esecutori. Costoro avevano mantenuto il segreto fino all'ultimo. Vi garantisco io che il sognatore (e ho motivi eccellenti per sostenere la sua ingenuità) non sapeva assolutamente nulla del motivo della donna – il cardine su cui si fonda l'ottima trama – fino al momento della sua drammaticissima dichiarazione. Non era suo il racconto, ma dei suoi esserini! E fate attenzione: non era solo questione di mantenere il segreto, bensì di narrare la storia con subdola abilità. Per usare una frase fatta, la condotta di entrambi gli attori è psicologicamente corretta e l'emozione è elaborata in crescendo fino al sorprendente finale. Ora sono sveglio e so il mio mestiere, eppure non riesco a migliorare il racconto. Sono sveglio e vivo di questo mestiere; eppure non saprei superare – forse nemmeno eguagliare – l'abile artificio (simile a quelli di qualche vecchio artigiano ricco d'esperienza come Dennery o Sardou)[9] tramite il quale viene presentata due volte la medesima situazione e i due attori si trovano faccia a faccia con in mezzo la prova fatidica, con la sola differenza che una volta è nelle mani della donna, l'altra in quelle dell'uomo – ed entrambe le scene presentate nell'ordine dovuto, la prima che è meno drammatica della seconda. Più ci penso e più sono spinto a chiedere: chi sono questi esserini? Essi sono dei parenti stretti del sognatore, senza dubbio: condividono le sue preoccupazioni finanziarie e tengono d'occhio il suo conto in banca; con ogni evidenza essi condividono il suo tirocinio; hanno imparato come lui a costruire l'impalcatura di una storia e a graduare l'emozione in ordine progressivo; solo penso che abbiano maggior talento. Ed una cosa è fuori di dubbio: essi sono in grado di raccontargli una storia pezzo per pezzo, come se fosse a puntate, pur tenendolo all'oscuro di come andrà a finire. Chi sono dunque costoro? E chi è il sognatore?

Bene, per quanto concerne il sognatore, posso darvi una risposta, perché altri non è se non io stesso; come d'altra parte avrei dovuto dirvi fin dall'inizio, se non fosse stato per certo mormorare dei critici circa il mio consistente egotismo, come è vero che sono costretto a dirvelo ora, pena il non poter proseguire questa narrazione. Quanto agli esserini, cosa dovrei dire che sono, se non i miei folletti,[10] Dio li benedica! che svolgono al mio posto metà del lavoro mentre me la dormo come un ghiro, e come esseri umani fanno per me il resto, quando sono sveglio e sono convinto di eseguirlo io stesso? La parte che viene svolta mentre dormo è senza dubbio quella dei folletti; ma quella che viene tessuta quando sono desto è mia per forza, anche se tutto dimostra che anche in questa c'è il loro zampino. Ecco un dubbio con cui ha a che fare la mia coscienza. Quanto a me stesso – ciò che chiamo me stesso, il mio ego cosciente, l'abitatore della ghiandola pineale, a meno che dopo Descartes non abbia cambiato posto, l'uomo con la coscienza e un fluttuante conto bancario, l'uomo con tanto di cappello e di stivali e il privilegio di votare e di non portare il proprio candidato alle elezioni generali, – sono tentato talora di pensare che non sia affatto un narratore di storie, ma una semplice creatura come qualsiasi formaggiaio o come qualsiasi forma di cacio, e un realista immerso nell'attualità contingente fino alle orecchie; così che, di conseguenza, l'intera mia produzione narrativa che è stata pubblicata sarebbe il prodotto specifico di qualche folletto, di qualche intimo demone, di qualche invisibile collaboratore che tengo rinchiuso in soffitta, mentre io mi prendo tutti gli elogi e lui (non potrei impedirglielo) solo una fetta della torta. Da parte mia, sono un suggeritore eccellente, un po' come il servitore di Molière; sono io che taglio e respingo; e sono io che rivesto il tutto con le migliori frasi e parole che riesco a trovare e a fabbricare; sono io inoltre che stringo la penna, e io quello che sta a tavolino, che è la parte peggiore del lavoro; e quando è tutto finito, sistemo il manoscritto e lo faccio registrare; per cui, nel complesso, credo di avere qualche diritto di compartecipazione, sebbene non così grande come quelli che mi prendo nei profitti della nostra impresa comune.

Posso dare solo qualche esempio di quanta parte venga

svolta durante il sonno e di quanta durante la veglia, e lascio che sia il lettore a decidere a chi spettino gli allori, fra me e i miei collaboratori. Prenderò in considerazione, pertanto, un libro che un certo numero di persone ha gentilmente voluto leggere, lo *Strange Case of Dr. Jekyll and Mr. Hyde.*[11] Da tempo cercavo di scrivere una storia su questo argomento, di trovare un contenitore, un veicolo, poiché quel forte senso della doppiezza che si annida nell'uomo è qualcosa che a tratti cattura e sovrasta la mente di ogni creatura pensante. Ne avevo già scritta una, *The Travelling Companion,* [12] che mi era stata restituita da un editore con la scusa che sarebbe stata un'opera geniale e indecente, e che detti alle fiamme l'altro giorno per il fatto che non era un'opera di genio e che era stata soppiantata da *Jekyll.* Poi si verificò uno di quegli alti e bassi finanziari ai quali (con elegante umiltà) mi son riferito sopra in terza persona. Per due giorni mi tartassai il cervello per trovare una qualche trama; e durante la seconda notte sognai la scena della finestra,[13] e una che viene dopo, divisa in due parti, in cui Hyde, perseguito per qualche delitto, trangugiava la pozione e intraprendeva il mutamento sotto gli occhi degli inseguitori. Tutto il resto venne eseguito da sveglio, in piena coscienza, sebbene possa trovare anche in questa parte la maniera dei miei folletti. Il significato del racconto è dunque mio, essendo preesistito a lungo nel mio giardino di Adone, avendo io tentato invano di trovargli un contenitore dopo l'altro; mia è senza dubbio gran parte della morale, ahimè!, visto che i miei folletti non hanno la minima idea di ciò che chiamiamo coscienza.[14] Mia inoltre è la messinscena e miei i personaggi. Tutto ciò che mi era stato dato consisteva in tre scene e nell'idea centrale del mutamento volontario che diventa involontario. Dopo che sono stato così liberale da tributare i più alti elogi ai miei collaboratori, pensate che sia un atto egoistico gettarli, legati mani e piedi, sull'arena, in pasto ai critici? Per quanto attiene alla faccenda della pozione, sulla quale si sono appuntate molte critiche, son felice di dire che non è roba mia, ma dei miei folletti, fino all'ultima goccia. Posso dire qualcosa anche di un altro racconto, la non molto difendibile storia di *Olalla* [15] nel caso il lettore voglia gettarci uno sguardo. In questa storia, il cortile, la madre, il suo cantuccio, Olalla, la sua camera, gli incontri per le scale, la finestra infranta, la scena ripugnante del morso, tutto mi fu dato in maniera sfusa così come ho cercato di scriverlo. Per parte mia vi ho aggiunto soltanto lo scenario esterno (in sogno non uscivo mai dal cortile), il ritratto, i personaggi di Felipe e del prete, la morale, così com'è, e le ultime pagine, ahimè, così come sono. Posso dire perfino che in questo caso la morale non è mia; poiché essa scaturì immediatamente dal raffronto fra la madre e la figlia, e dal ripugnante scherzo che le aveva giuocato una tara atavica. Talora è innegabile che nel sogno sia presente il senso proprio di una parabola; talaltra non posso fare a meno di pensare che i miei folletti abbiano voluto fare il verso a Bunyan,[16] e comunque in nessun caso la loro può esser definita morale da prontuario, mai un'etica angusta; essi son capaci semmai di trasmettere cenni dei limiti di un'esistenza più ampia, e quella sorta di sensazione che ci sembra di cogliere nell'arabesco dello spazio e del tempo.

Per la maggior parte i miei folletti, sarà chiaro, sono piuttosto fantasiosi, simili alle loro storie ancor calde, pieni di passione e di senso del pittoresco, capaci di animarsi di vivaci incidenti, incapaci di aver pregiudizi nei confronti del soprannaturale. Ma l'altro giorno mi hanno procurato una sorpresa intrattenendomi con una storia d'amore, una piccola commedia scherzosa che dovrei passare all'autore di *A Chance Acquaitance*, perché solo lui potrebbe scriverla come si deve, e da parte mia sono sicuro (sebbene intenda provarci) di esserne incapace. Ma chi avrebbe mai pensato che uno dei miei folletti fosse andato a inventare un racconto per Howells?

Note

LO STRANO CASO DEL DOTTOR JEKYLL E DEL SIGNOR HYDE

[1] L'opera narrativa più celebre di Stevenson fu composta nei mesi di settembre e ottobre del 1885. Fu pubblicata a Londra da Longmans, Green and Co. nel 1886 e nello stesso anno a New York da Charles Scribner's Sons. Stevenson ebbe modo di alludere alla composizione del racconto in varie interviste e articoli di giornale (basilare l'articolo *A Chapter on Dreams*, 1888, riportato in questo volume). L'estremo bisogno di denaro che avevano gli Stevenson in quell'inizio d'inverno del 1885 e la richiesta degli editori di un racconto a sfondo sensazionalistico da pubblicare, com'era consuetudine, nella settimana di Natale, furono di stimolo all'autore. Egli ebbe modo di annotare: « *Jekyll* fu concepito, scritto e riscritto e stampato nel giro di dieci settimane ». Altrove affermò: « Per un paio di giorni mi tartassai il cervello per trovare una trama di qualsiasi genere; la seconda notte sognai la scena della finestra e un'altra scena che avrei poi suddiviso in due [...]; tutto il resto lo composi da sveglio, in assoluta lucidità ».

Fonte immediata della narrazione sarebbe stato, secondo Fanny, un non meglio identificato articolo d'un giornale francese dedicato al subconscio. La lettura giornalistica avrebbe rinfocolato l'interesse di Stevenson per la tematica del « doppio » già affrontata nel melodramma *Deacon Brodie, or, The Double Life* (1882) e nel racconto *Markheim* (1884). Non è mancato neppure il riferimento alla storia di un dentista del Connecticut che, verso la metà del secolo, era assurto a una certa notorietà giornalistica. Intossicato dal cloroformio con cui faceva esperimenti di anestesia, il dottore conduceva una doppia esistenza finché non venne arrestato per aver gettato vetriolo in faccia a una prostituta. In un lungo articolo di confessione, il dottore ammise la duplicità della propria esistenza e la forte carica di sadismo di cui era connotata una parte di sé. Scritto l'articolo, si uccise in carcere. Non è mancato infine chi ha voluto mettere in relazione con la cocaina, assunta per attutire i dolori polmonari, il febbrile attivismo di Stevenson impegnato con Jekyll e Hyde.

[2] Il testo inglese, *rugged countenance*, vuol dire anche fisionomia burbera, dai tratti marcati. Senza dubbio quello del legale Utterson

è uno dei ritratti più complessi di Stevenson, ben lontano dalla stereotipia che in genere caratterizza, nella classica contrapposizione dei "buoni" e dei "cattivi", la scrittura del "romance".

[3] Cfr. *Genesi*, 4-7: « E il Signore disse a Caino: Ov'è Abele, tuo fratello? Ed egli disse: Io non so; sono forse il guardiano del mio fratello? », un'eco biblica in funzione antifrastica al senso del testo. Tolleranza e assoluto rispetto degli altri connotano sin dal suo apparire il signor Utterson.

[4] Il testo contiene l'espressione *in a similar catholicity of good-nature* che alla lettera vuol dire « in analoga indiscriminata bonomia ».

[5] Se, come apparirà chiaro nelle pagine successive del romanzo, Stevenson descrive dietro una Londra posticcia l'amata Edimburgo, la strada in cui passeggiano Utterson e Enfield ha tutte le caratteristiche nella "new town" edimburghese, il lindo quartiere della "middle class" e del ceto professionale.

[6] Nello scontro con la bambina, che è puramente fortuito, Hyde appare un essere insensibile, ma ancora incapace di indulgere alla crudeltà. La similitudine dello Juggernaut (cfr. nota 7), sottolinea quanto di meccanico vi sia nel suo atto. Hyde è indifferente al dolore della bambina perché è un essere primitivo e "neonato"; il suo torpore lo rende, come accade ai "doppi" di Le Fanu (cfr. il racconto *Tè verde*, Milano, Serra e Riva, 1982), insensibile al bene e al male. In questa prima fase della sua "crescita", Hyde sembra assorto nel tripudio della propria libertà meccanica e irrefrenabile come lo scatto di una molla a lungo compressa. Pur non incarnando ancora la violenza intenzionale e la crudeltà gratuita che ostenterà nell'uccisione di Sir Danvers Carew, sono proprio questi i sentimenti che la presenza fisica di Hyde scatena negli altri. Nel momento in cui Enfield e gli altri personaggi che vengono a contatto con Hyde lo respingono pieni di disgusto, in realtà rifiutano in lui una parte di se stessi. In certo senso la storia di Hyde è la storia di una provocazione che mette a nudo nel proprio *alter ego* e nei propri interlocutori occasionali quanto essi preferiscono occultare, ignorare, rimuovere. La crescita organica di questo nucleo di pulsioni sadiche è corroborata anche dal disgusto e dalla repellenza in cui viene coltivata.

[7] Deriva dallo hindi *jagannath*, o signore dell'universo, uno degli appellativi di Krishna. Il termine si riferisce per sineddoche all'idolo della divinità trainato su un carro sotto le cui ruote sembra che talora si gettassero i fedeli.

[8] Traduce la voce *slang*: *sawbones* (1837 c.) termine dispregiativo per chirurgo. L'autore giuoca, come Dickens, sul nome parlante: *segaossi, aggiusta ossi.* In italiano sembra più adatto *medicastro* o *mediconzolo.*

[9] La similitudine "scozzese" della cornamusa fa pensare che l'ambientazione sia quella di Edimburgo a cui si richiama l'accento del medicastro.

[10] Il testo inglese reca *as we were pitching it in red hot*, che può essere reso con analoga frase gergale: "mentre ce lo lavoravamo ben bene".

[11] Il riferimento alla banca Coutts indica che si tratta di personaggio rispettato e facoltoso.

[12] Con il qual gesto Enfield contraddice la tanto vantata discrezione.

[13] Sigle di titoli accademici: M.D. = *Medicinae Doctor*; D.C.L. = *Doctor of Civil Law*; L.L.D. = *Legum Doctor*; F.R.S. = *Fellow of the Royal Society*.

[14] Celebre coppia di filosofi pitagorici, assunti nell'antichità a simbolo di amicizia. Si dice che, essendo stato condannato a morte dal tiranno Dionisio di Siracusa, Pizia avesse chiesto e ottenuto un breve periodo di libertà, durante il quale avrebbe lasciato come ostaggio l'amico Damone. Alla scadenza fissata avrebbe fatto ritorno e sarebbe stato posto in libertà insieme al compagno.

[15] Il termine *protegé* ha fatto pensare a più di un critico, fra cui il romanziere Nabokov (cfr. bibliografia), che Stevenson volesse alludere, tramite Utterson, all'omosessualità di Jekyll. Nella lunga descrizione dell'incubo notturno di Utterson che segue all'incontro con Lanyon, c'è un passo che sembra confermare l'ipotesi: « Ed ecco! ritto accanto alla sponda del letto compariva un personaggio a cui era dovuto ogni potere e ai cui comandi colui che poco prima dormiva doveva alzarsi, anche in quell'ora inane della notte, e tributargli obbedienza ». Nel complesso, tuttavia, cercare di forzare il testo là dove è più reticente ed elusivo, fa correre il rischio di tanta filmografia che ha dovuto "visualizzare" i piaceri proibiti di Jekyll sotto le spoglie di Hyde (Cfr. il saggio di S.S. Prawer in bibliografia).

[16] Sulla straordinaria abilità stevensoniana nel descrivere i sogni, si veda in appendice *Un capitolo sui sogni*. In questo passo specifico si ha la sensazione che Utterson *non* voglia vedere il volto del personaggio, anche se poi da sveglio si fa un punto d'onore di scoprirlo.

[17] Si tratta indubbiamente di un giuoco di parole sul nome parlante Hyde (da *to hide* = nascondersi) contrapposto a Seek (*to seek* = cercare) così da richiamare il giuoco infantile detto *Hide-and-seek* = nascondino. È necessario tuttavia ricordare che la battuta suona come un tributo a un romanziere amato da Stevenson, Wilkie Collins, di cui si cita il titolo del racconto *Hide and Seek*.

[18] Hyde è sempre descritto attraverso similitudini e metafore animalesche. Il riferimento al sibilo è il primo segno di minaccia avvertito da Utterson, prima ancora di scorgere il volto del personaggio.

[19] La notazione si richiama e integra il "sibilo" con cui si presenta Hyde e anticipa la conclusione provvisoria a cui perverrà Utterson (cfr. nota 20). Su questa fine annotazione sul modo di parlare di Jekyll il lettore tornerà quando conoscerà com'è "nato" e "cresciuto" Hyde. Il segno della regressione ferina di Jekyll nei panni di Hyde è data dunque da una vera e propria regressione linguistica e più esattamente fonatoria.

[20] Alla lettera Hyde dà l'idea di essere un "troglodita".

[21] Decano del Christ Church di Oxford e quindi vescovo di quella città, il dottor Fell (1625-1686) aveva imposto a Tom Brown, per punizione, di tradurre il seguente epigramma di Marziale: "Non amo te, Sabidi, nec possum dicere quare: / hoc tantum possum dicere, non amo te», epigramma che Tom Brown elaborò nella seguente celebre quartina: "I do not love thee, Doctor Fell, / The reason why I cannot tell; / But this alone I know full well, / I do not love thee, doctor Fell (Non mi piaci, dottor Fell, / Ma non so dirti perché, / so solo di sicuro che, / non mi piaci dottor Fell".

[22] Alla lettera *its clay continent* è l'involucro d'argilla.

[23] A differenza di quanto avviene nel romanzo naturalistico o borghese, vita e ambiente domestico si connotano spesso come i luoghi, più o meno fortuiti, del mistero e dell'inaccessibile. Solo a questo patto il privato ha effimera sudditanza nel romanzo d'avventure. L'interiorità domestica resta, nella generalità, esclusa, indistinta dietro il volto anonimo della città, poiché il quotidiano ritmo del lavoro sarebbe d'impaccio alla libera estrinsecazione del tempo dell'avventura. Di conseguenza ai protagonisti dei racconti stevensoniani non resta che indagare il mondo del quotidiano e del privato dall'esterno, dalla propria condizione di esule, di avventuriero o di misantropo.

[24] Alla lettera *some Jack-in-the-Box* sarebbe una sorta di «ba-bau» o fantoccio a molla che balza in piedi dalla scatola che lo contiene.

[25] Nella sua introduzione all'edizione bilingue di questo romanzo, S. Rossi (cfr. la bibliografia) nota opportunamente che il «signore distinto, anziano, dai capelli candidi» ricorda il Duncan del *Macbeth* di Shakespeare, il «beautiful gentleman with white hair». Sulla ricorrenza di immagini e di allusioni macbethiane in questo romanzo cfr. note 42 e 43.

[26] Si è voluto vedere nella scena dell'assassinio del vecchio Sir Danvers Carew un esempio del debito stevensoniano verso tanta parte di paraletteratura ottocentesca, vale a dire del filone dei "sensational novels" che va da Wilkie Collins, a Le Fanu a Mrs. Braddon. Di fatto si dimentica ancora una volta che l'impresa di Hyde e la sua immotivata ferocia – sulla quale getterà luce la confessione finale di Jekyll – è narrata attraverso un personaggio-schermo che parla il linguaggio di un incubo notturno in cui le ossa "scricchiolano" e il corpo martoriato "sobbalza". D'altra parte la postura un po' allocchita, un po' romantica della testimone ne fa una potenziale lettrice di romanzi d'appendice e quindi personaggio più che adatto a restituire l'irrealtà della scena.

[27] Il velario di bruma collega sinistramente alcune scene urbane del romanzo a *Un capitolo sui sogni* e al racconto *Il trafugatore di salme*. Malgrado la topografia londinese, così esplicita nel riferimento al quartiere di Soho, questa e altre scene del romanzo, come lo scontro di Hyde con la bambina, rinviano alla "old town" di Edimburgo.

[28] La sala di dissezione è una metafora stevensoniana ricorrente (cfr. *Un capitolo sui sogni*) che compare per la prima volta, in tutta la sua valenza grottesca, nel racconto *Il trafugatore di salme*. Essa non implica soltanto l'idea dello smembramento, dell'indagine intestina, della lacerazione di una totalità, ma allude al ludibrio della mistificazione, del travestimento ignobile. Nella metafora anatomica rivive l'antico sospetto nei confronti della scienza, anche se per il dottor Jekyll, a differenza del professor K., l'anatomia è solo l'archeologia di un nuovo sapere affidato alla formula elusiva della "medicina trascendentale". Non a caso lo studiolo di Jekyll si trova su un piano più elevato rispetto al teatro d'anatomia, che comunque ne costituisce la via d'accesso, collocandosi sulla soglia di altre e più sofisticate trasformazioni. Sulla visione stevensoniana del corpo umano si veda un interessante scritto in forma omiletica dai cupi toni swiftiani intitolato *Pulvis et umbra*, in *Racconti*, *romanzi e saggi* (cfr. bibliografia).

[29] Si tratta di una specchiera a oscillazione (nel testo *cheval-glass*) apparsa verso la fine del XVIII secolo, sufficientemente grande da riflettere l'intera persona. È detta anche *psiche* o *specchiera ballerina*. Lo specchio è il muto testimone del rapporto che lega Jekyll a Hyde e quindi della metamorfosi e come tale farà la sua ricomparsa nel finale della storia. Simile allo *elixir vitae* o alla "droga" che libera il "doppio" (cfr. le note 36 e 37), lo specchio deriva, come il quadro animato, dalla tradizione del romanzo "gotico" o del mistero. Stevenson sembra dunque ammiccare a questa tradizione di specchi divinatori o magici che ricorrono in racconti come *Lo specchio di zia Margaret* di W. Scott, Serra e Riva editori, Milano, 1982, o che danno il titolo a intere raccolte come la celebre silloge di J. Sheridan Le Fanu, *In a Glass Darkly* i cui racconti sono apparsi in italiano con i titoli di *Tè verde,* già citato, e *Carmilla,* Sellerio, Palermo, 1979.

[30] Guest si colloca dunque, grazie alla sua perizia di grafologo, fra gli investigatori involontari del romanzo: suo tramite Utterson ottiene un ulteriore indizio da inserire nel *puzzle* che lo rende inquieto. Se il senso del mistero e dell'orrore che scaturisce dal romanzo rinvia alla matrice del romanzo gotico, l'attesa che i fatti determinano, la loro interpretazione e infine la loro spiegazione rinviano alla forma più recente del racconto poliziesco.

[31] Cfr. Shakespeare, *Macbeth*, atto V, scena I. La battuta di Utterson che ha scorto « una smorfia di abietto terrore » sul volto di Jekyll è la medesima (« Dio ci perdoni! ») del medico che intuisce una colpa terribile nel delirio di Lady Macbeth. Si noti che anche l'ultima battuta del medico ha un'eco nel dialogo frastornato che intercorre fra Utterson e Enfield: « Ella mi ha scosso la mente, e stupefatto la vista. / Penso, ma non oso parlare ».

[32] Allorché l'esigenza dell'intreccio impone il rovesciamento dell'interno in esterno, del privato nel pubblico, tale compito è demandato alla figura del servitore o del domestico, di colui che, per tradizionale statuto del romanzo d'avventure, può penetrare gli aspetti più intimi della vita privata, fino al cuore dell'intrigo.

[33] Ingerendo dunque, come rivela l'odore di mandorle, acido prussico e uccidendo anche simbolicamente l'animale che porta chiuso dentro di sé.

[34] Alla lettera: « Una completa copertura di ragnatele ».

[35] Secondo Fruttero e Lucentini (cfr. bibliografia) Stevenson si riferirebbe al *rigor* isterico (il testo parla di *incipient rigor*) individuato negli anni anteriori alla pubblicazione del romanzo da Charcot. È interessante notare che più tardi, nel 1895, Freud avrebbe annotato negli *Studi sull'isteria* che « la scissione della coscienza, così evidente in noti casi clinici sotto la forma di "doppia coscienza", è presente in forma primitiva in ogni genere di isteria e che una tendenza alla dissociazione è il fenomeno basilare di questa nevrosi ».

[36] Un'eventuale fonte della misteriosa pozione è il romanzo di William Godwin, *I viaggi del San Léon*, in cui l'ingestione dello *elixir vitae* tramuta un vecchio grinzoso in un giovane ribaldo fissando in lui una doppia personalità.

[37] Il termine « droga » (*drug*) viene qui usato in senso proprio. Fruttero e Lucentini ricordano (cfr. bibliografia) che la stessa origine della storia può essere messa in rapporto ai *Paradis Artificiels* (1861) di Baudelaire, dove alcolici e stupefacenti sono considerati come « moyens de multiplication de l'individualité ». A tale proposito si ricordi la funzione di allucinogeno e di "moltiplicatore" della personalità che ha il "té verde" nell'omonimo racconto di Le Fanu (apparso nella raccolta *In a Glass Darkly* del 1872) in cui un morigerato reverendo estroflette i propri sensi di colpa e i propri desideri repressi in uno scimmiotto diabolico e lussurioso da cui si libererà solo con il suicidio (cfr. nota 6). Che Stevenson conoscesse assai bene Le Fanu, i cui racconti comparivano per altro nei medesimi giornali a cui collabora Stevenson, è attestato da un'altra novella della raccolta *In a Glass Darkly* intitolata *Il demone familiare* nel quale il protagonista ossessionato dal proprio "doppio", che in questo caso è un senso di colpa vanamente tacitato dalla coscienza, cerca una spiegazione scientifica al sembiante che lo perseguita: « Nella varietà dei malanni che affliggono l'uomo, c'è un'affezione capace di causare una considerevole contrazione della statura e della corporatura, facendo orrendamente rimpicciolire il paziente in tutte le sue dimensioni? ». Non è forse Hyde il prodotto di una malattia altrettanto sottile che conferisce al fantasma estroflesso il medesimo aspetto contratto descritto nel "doppio" di Le Fanu? Forse non è azzardato supporre che il malvagio scimmiotto di *Tè verde* possa aver catalizzato l'idea del mostro libidinale che affiora dal subconscio con lo scandalo genetico teorizzato da Darwin, in modo non diverso dalla commutazione pseudochimica del favoloso *elixir vitae*.

[38] Alla similitudine sono state date varie interpretazioni, in genere assai poco convincenti. Più probante il riferimento di S. Rossi (cfr. bibliografia) agli apostoli Paolo e Sila che, rinchiusi in una prigione a Filippi in Macedonia, ne poterono evadere grazie a un terremoto che scosse l'edificio.

[39] Il laboratorio è per Jekyll, anche da un punto di vista simbolico, quella parte della casa che rappresenta il versante occulto della sua mente. In tutto il romanzo c'è una sorta di simbolica simmetria fra i personaggi e le case – arredamenti inclusi – in cui vivono.

[40] Riferimento all'episodio biblico (*Daniele*, 5) secondo il quale, durante un banchetto, una mano misteriosa avrebbe tracciato sul muro la profezia dell'imminente rovina di Baldassarre, re dei Caldei.

[41] Alla lettera il periodo suona: « mentre la bestia che era in me si satollava di frammenti di ricordi ».

[42] È l'ennesimo segno della natura scimmiesca di Hyde. C'è da notare che riferimenti più o meno diretti a Darwin e al darwinismo appaiono nelle opere stevensoniane a partire dalle *Nuove Mille e una notte* (cfr. l'edizione mondadoriana in bibliografia).

[43] Nel corso di tutto il romanzo Hyde appare come la natura animale di Jekyll i cui abiti sono troppo grandi per lui. L'immagine si richiama al *Macbeth* di Shakespeare, atto IV, scena 2: « Ora egli sente il suo titolo / Che gli sbrendola addosso, come il vestito d'un gigante / Su un nano che l'ha rubato » e nell'eco stevensoniana sottolinea il parallelo fra la catastrofe di Macbeth e quella di Jekyll.

[44] Le parole di Jekyll ricordano da vicino quelle di Banquo, *Macbeth*, atto II, scena 1: « Un pesante invito grava come piombo su di me, / E tuttavia non vorrei dormire: Potenze misericordiose! / Frenate in me i maledetti pensieri cui la natura / S'abbandona nel riposo ». L'insistente ritorno di echi tratti dal *Macbeth* non possono che incuriosire, anche se Stevenson ha sempre visto in Shakespeare la guida per eccellenza (cfr. il saggio *Alcuni elementi tecnici dello stile nella letteratura*, già citato).

[45] I tiri mancini di Hyde sembrano tratti dalle analoghe diavolerie dello scimmiotto in *Tè verde* di Le Fanu: « Quell'essere immondo mostrò una pervicacia incredibile, feroce nel contrastarmi in tutti i modi: me lo trovavo davanti in chiesa... sul leggio... sul pulpito... Alla fine giunse al colmo: mentre leggevo la Bibbia ai fedeli saltava sul libro aperto e vi si accoccolava, impedendomi di proseguire » (cfr. edizione citata).

IL TRAFUGATORE DI SALME

[1] Per l'enigmatico personaggio l'autore si ispirò, suscitando non poche polemiche, ad un celebre professore di anatomia dell'università di Edimburgo, Robert Knox (1793-1862). L'intero racconto d'altra parte si riferisce più o meno velatamente ad un famoso caso giudiziario che scosse la città di Edimburgo e di cui Stevenson poté conoscere i dettagli dalla stampa dell'epoca e dal racconto del padre. Il caso culminò nel processo e nella condanna per impiccagione di certi Burke e Hare i quali uccidevano persone prese a caso e ne vendevano i cadaveri al dottor Knox per le sue lezioni di anatomia. In seguito al processo, lo stesso Knox fu costretto ad abbandonare l'università

e la città. Come ricorda Italo Calvino, al caso Burke, Hare e Knox lo scrittore Marcel Schwob dedicò l'ultima delle sue *Vies imaginaires* e Dylan Thomas un soggetto cinematografico, *The Doctor and the Devils*.

[2] Il riferimento è alla difficoltà del tempo a rifornire di cadaveri le sale anatomiche.

[3] Cfr. la descrizione della sala d'anatomia in *Un capitolo sui sogni.*

UN CAPITOLO SUI SOGNI

[1] Sebbene scritto in terza persona, il brano è evidentemente autobiografico, come è facile dedurre dai passi stevensoniani riportati nella *Cronologia.*

[2] Il riferimento è al rigore religioso di Cummie, la nutrice del piccolo Stevenson che professa il calvinismo dei "Covenanters", gli esclusi dalla chiesa nazionale presbiteriana e alle sue storie tratte dal Vecchio Testamento.

[3] L'affermazione è importante per due ragioni: innanzi tutto essa stabilisce una sorta di impertinente omologia fra l'esistenza "reale" e quella "irreale" dei sogni; in secondo luogo introduce larvatamente una sorta di scissione della personalità che diverrà il tema prediletto di tanta sua narrativa, a cominciare dal dramma intitolato *Deacon Brodie* (cfr. l'introduzione) per proseguire con *Markheim*, *Jekyll e Hyde*, *Olalla.*

[4] È noto che, per volere del padre, gli studi universitari di Stevenson si volgono innanzi tutto all'ingegneria, seppure con scarsi risultati. Nel 1871 dichiara formalmente al padre di aver abbandonato quel corso di studi. L'intento di volersi dedicare alla letteratura acuisce i contrasti con il padre, il quale vede nella condotta del figlio non solo la sacrilega contravvenzione ad una sorta di "predestinazione", bensì la via della perdizione in un mondo, quello letterario, che ha sempre considerato ozioso e improduttivo. Forse per trovare una mediazione con la volontà paterna, Stevenson si iscrive ai corsi di giurisprudenza.

[5] Il fascino grottesco del teatro anatomico aveva dato vita ed era stato compiutamente trattato nel racconto *Il trafugatore di salme* pubblicato nel "Pall Mall Gazette" del Natale del 1884 (cfr. sopra in riferimento al teatro anatomico in cui compie gli esperimenti Henry Jekyll). In italiano lo si può leggere nell'edizione da me curata per i "Meridiani" Mondadori: R.L. Stevenson, *Romanzi, Racconti e Saggi*, Milano, 1982.

[6] Il « diabolico cane scuro » sembra far rientrare questo frammento narrativo nella raccolta mai realizzata *L'uomo nero e altri racconti,* incentrata nella figura diabolica del "black man". Già nel 1868 Stevenson pensava di raccogliere una serie di leggende scozzesi a carattere demonologico di cui resta solo l'eccezionale racconto di *Janet la sbilenca,* poi inserito in *Gli allegri compari e altri racconti e favole* del 1887.

[7] Cfr. Shakespeare, *Amleto*, II, 2, v. 259: "Fatemi luce. Via!"

[8] Il genere di paesaggio descritto è quello della costa scozzese quale ritorna nelle pagine del *Padiglione sulle dune*, inserito nelle *Nuove Mille e una notte* (1882), e nel saggio memoriale *I lanternai* (1887) per il quale si veda R.L. Stevenson, *Romanzi racconti e saggi*, op. cit. pag. 1916 segg.

[9] Si tratta di celebri commediografi ammirati da Stevenson — che tentò con insuccesso il teatro — per l'abilità che avevano nel tessere trame.

[10] La definizione inglese di "brownies" sta per folletti benevoli che, secondo la tradizione folklorica, infestano le vecchie case abbandonate della Scozia. Talora sbrigano le faccende di casa mentre la famiglia dorme.

[11] Il riferimento è allo scalpore suscitato dal romanzo al suo apparire, cfr. l'affermazione del biografo di Stevenson, Graham Balfour nella *Cronologia.*

[12] Si tratta di un racconto progettato e scritto per la raccolta *L'uomo nero e altri racconti* (cfr. nota 6) e quindi distrutto apparendogli eccessivamente "volgare e amaro". Venne soppiantato appunto da *Jekyll e Hyde.*

[13] Scrive Fanny: « Nelle ore piccole del mattino fui destata dalle grida d'orrore di Louis. Pensando che fosse preda di un incubo, lo svegliai. Lui mi disse pieno di rabbia: "Perché mi hai svegliato? Stavo sognando un bel racconto orripilante". L'avevo svegliato alla prima scena di trasformazione ».

[14] Sempre secondo Fanny, Stevenson avrebbe distrutto la prima stesura del romanzo, scritta in tre giorni, rielaborando la storia « da un altro punto di vista, – quello dell'allegoria, che era evidente, ma che pure era andata perduta a causa della fretta e dell'influenza ossessiva del sogno ». Il volume sarebbe stato dunque riscritto in altri tre giorni, salvo alcune correzioni secondarie. Da una lettera di Stevenson al Myers, risulta che il lavoro di revisione del testo sarebbe stato assai più lungo ed elaborato, « un mese o sei settimane », secondo il Balfour.

[15] Si tratta del racconto omonimo scritto da Stevenson subito dopo il *Dottor Jekyll e il signor Hyde* e pubblicato nel numero di Natale del "Court and Society Review" del 1885 e quindi inserito nella raccolta *Gli allegri compari e altri racconti e favole* del 1887. L'insoddisfazione dell'autore per questo testo è ribadita anche in una lettera del 1887 a Lady Taylor: « Il disagio che mi procura *Olalla* è che vi si coglie una nota falsa... Markheim è vero, *Olalla* falso; e non so perché, né lo sapevo quando vi lavoravo attorno ».

[16] Il riferimento è alla "bibbia" della tradizione puritana e al devozionale prototipo del romanzo costituito dal *Viaggio del pellegrino* di John Bunyan.

Indice

OSCAR CLASSICI

Maupassant, Racconti fantastici
Baudelaire, I fiori del male
Austen, Orgoglio e pregiudizio
Goldoni, Il teatro comico - Memorie italiane
Verga, Mastro don Gesualdo
Verga, Tutte le novelle
Lagrange, Sinossi dei quattro evangeli
Goffredo di Strasburgo, Tristano
Leopardi, Zibaldone di pensieri
Wilde, Il ritratto di Dorian Gray
Shakespeare, Macbeth
Goldoni, La locandiera
AA.VV., Racconti fantastici dell'Ottocento
Verga, I Malavoglia
Poe, Le avventure di Gordon Pym
Chrétien de Troyes, I Romanzi Cortesi
Carducci, Poesie scelte
Melville, Taipi
Manzoni, Storia della colonna infame
Pascarella, La scoperta de l'America e altri sonetti
Goethe, Elegie romane
De Amicis, Cuore
Fogazzaro, Piccolo mondo moderno
Fogazzaro, Malombra
Maupassant, Una vita
Manzoni, Poesie
Dostoevskij, Il sosia
Petrarca, Canzoniere
Wilde, De profundis
Fogazzaro, Il Santo
Stevenson, Lo strano caso del dottor Jekyll e del signor Hyde
Alighieri, Vita Nuova e Rime
Poe, Racconti del terrore
Poe, Racconti del grottesco
Poe, Racconti di enigmi
Rimbaud, Primi versi
La Fontaine, Favole scelte
Malory, Storia di Re Artù e dei suoi cavalieri
Alighieri, Inferno
Alighieri, Purgatorio
Alighieri, Paradiso
Flaubert, Salambò
Pellico, Le mie prigioni

Wilde, L'importanza di essere onesto
Alighieri, De vulgari eloquentia
Stendhal, Il Rosso e il Nero
Shakespeare, Enrico V
Polo, Il Milione
Giovenale, Satire
Swift, I viaggi di Gulliver
Stendhal, L'amore
Shakespeare, Romeo e Giulietta
Dickens, Racconti di Natale
Medici, Canzoniere
Racine, Fedra
AA.VV., Poeti del Dolce Stil Novo
Stendhal, Cronache italiane
Shakespeare, La tempesta
De Sanctis, Storia della letteratura italiana
Campanella, La città del sole e altri scritti
Kipling, Capitani coraggiosi
Machiavelli, La Mandragola - Belfagor - Lettere
Capuana, Il marchese di Roccaverdina
Dickens, Grandi speranze
Shakespeare, Giulio Cesare
Beaumarchais, La trilogia di Figaro
Verga, Storia di una capinera
Tolstòj, Resurrezione
Guinizzelli, Poesie
Castiglione, Il cortegiano
Shakespeare, La dodicesima notte
Ibsen, Casa di bambola
Beccaria, Dei delitti e delle pene
Sterne, Viaggio sentimentale
De Roberto, I Viceré
Shakespeare, Enrico IV
Vico, Princìpi di scienza nuova
Erasmo da Rotterdam, Elogio della follia
Shakespeare, Otello
Čechov, Il gabbiano - Zio Vanja - Tre sorelle - Il giardino dei ciliegi
Boccaccio, Teseida
Petrarca, De vita solitaria
Melville, Bartleby e altri racconti americani
Shakespeare, Come vi piace
Lutero, Lieder e prose
Grimmelshausen, L'avventuroso Simplicissimus
Marlowe, Il Dottor Faust
Balzac, La donna di trent'anni
Baudelaire, Lo spleen di Parigi
James H., Washington Square
Shakespeare, Il racconto d'inverno
Hardy, Tess dei d'Uberville
Wordsworth, Il preludio
Boccaccio, Esposizioni sopra la Comedia di Dante
Dostoevskij, Le notti bianche
Flaubert, L'educazione sentimentale
Schiller, I masnadieri
Shakespeare, Pene d'amor perdute

Goethe, La vocazione teatrale di Wilhelm Meister

Leopardi, Lettere

Pascoli, Il ritorno a San Mauro

Maupassant, Forte come la morte

AA.VV., Poesia latina medievale

Goldoni, I rusteghi - Sior Todero brontolon

Goldoni, Trilogia della villeggiatura

Goldoni, Le baruffe chiozzotte - Il ventaglio

Goldoni, Il servitore di due padroni - La vedova scaltra

Stevenson, Il signore di Ballantrae

Flaubert, Bouvard e Pécuchet

Eliot, Il mulino sulla Floss

Tolstòj, I racconti di Sebastopoli

De Marchi, Demetrio Pianelli

Della Casa, Galateo ovvero de' costumi

Dostoevskij, I fratelli Karamazov

Shakespeare, Sonetti

Dostoevskij, Povera gente

Shakespeare, Riccardo II

Diderot, I gioielli indiscreti

De Sade, Justine (ovvero le disavventure della virtù)

Tolstoj, Chadži-Muràt

De Roberto, L'Imperio

Shakespeare, Tito Andronico

Stevenson, Nei mari del Sud

Maupassant, Pierre e Jean

Kipling, Il libro della giungla

Bruno, Il candelaio

Kipling, Kim

Donne, Liriche sacre e profane - Anatomia del mondo - Duello della morte

AA.VV., Il Corano

Rimbaud, Una stagione in inferno - Illuminazioni

Shakespeare, I due gentiluomini di Verona

Puškin, La figlia del capitano

Blake, Visioni

Nievo, Novelliere campagnuolo

James H., Il carteggio Aspern

Diderot, Jacques il fatalista

Schiller, Maria Stuart

Stifter, Pietre colorate

Poe, Il corvo e altre poesie

Coleridge, La ballata del vecchio marinaio e altre poesie

Sant'Agostino, Le confessioni

Verlaine, Romanze senza parole

AA.VV., Racconti gotici

Yeats, Poesie

Whitman, Foglie d'erba

Teresa d'Avila, Libro della mia vita

Boito, Senso e altri racconti

Pulci, Morgante

AA.VV., Innario cistercense

Las Casas, Brevissima relazione della distruzione delle Indie

Lèrmontov, Un eroe del nostro tempo

AA.VV., I Salmi

Paolo Diacono, Storia dei Longobardi

Shakespeare, Antonio e Cleopatra

Shelley M., Frankenstein (con videocassetta)

Zola, Nanà

Foscolo, Le Grazie

Cattaneo, L'insurrezione di Milano

Hugo, Novantatré

Goethe, Racconti

Eliot, Middlemarch

Kipling, Ballate delle baracche e altre poesie

Čechov, La steppa e altri racconti

James H., L'Americano

Lewis M.G., Il Monaco

Bruno, La cena de le ceneri

Shelley P.B., Poesie

Ambrogio, Inni

Origene, La preghiera

Melville, Poesie di guerra e di mare

Ibsen, Spettri

Manzoni, I promessi sposi

Rostand, Cirano di Bergerac

Cervantes, Novelle esemplari

Shakespeare, Molto rumore per nulla

Čechov, Il duello e altri racconti

Stevenson, Gli intrattenimenti delle notti sull'isola

Čechov, La corsia n. 6 e altri racconti

Puškin, Viaggio d'inverno e altre poesie

Novalis, Inni alla notte - Canti spirituali

Monti, Iliade di Omero

Flaubert, La prima educazione sentimentale

France, Taide

Croce - Banchieri, Bertoldo e Bertoldino - Cacasenno

Turgenev, Rudin

Novalis, Enrico di Ofterdingen

Shakespeare, Vita e morte di Re Giovanni

Baffo, Poesie

Flaubert, Attraverso i campi e lungo i greti

Giuseppe Flavio, Guerra giudaica

Wilde, Ballata del carcere e altre poesie

Defoe, Roxana

Meister Eckhart, Prediche

Hardy, Intrusi nella notte e altri racconti

Čechov, Il monaco nero e altri racconti

Quevedo Y Villegas, Il furfante

De Sade, Lettere da Vincennes e dalla Bastiglia

Shakespeare, Troilo e Cressida

Hugo, I lavoratori del mare

Grillparzer, Il povero musicante - Il convento presso Sendomir

Austen, Northanger Abbey

Brontë C., Jane Eyre

Pascoli, Poemi Conviviali

Goldsmith, Il vicario di Wakefield

Clausewitz, Della guerra

Capuana, Profumo

AA. VV., Antologia di scrittori garibaldini

Čechov, L'omicidio e altri racconti

Trilussa, Poesie scelte

Burkhardt, Considerazioni sulla storia universale

De Sade, La filosofia nel boudoir

La Motte-Fouqué, Ondina

Čechov, La mia vita e altri racconti

Čechov, La signora con il cagnolino

Stoker, Dracula

Arnim, Isabella d'Egitto, primo amore di Carlo V

Voltaire, Lettere filosofiche

Bernardin de Saint-Pierre, Paul e Virginie

Tolstòj, La tormenta e altri racconti

Hölderlin, Scritti di estetica

Balzac, La cugina Bette

Turgenev, Nido di nobili

Keats, Poesie

Alighieri, Il Fiore - Detto d'Amore

Zarathushtra, Inni di Zarathushtra

Musset, La confessione di un figlio del secolo

AA. VV., Antologia dei poeti parnassiani

Hoffmann, La principessa Brambilla

La Bibbia Concordata

Antico Testamento
- vol. I - Pentateuco
- vol. II - Libri storici I
- vol. III - Libri storici II
- vol. IV - Libri poetici I
- vol. V - Libri poetici II
- vol. VI - Libri profetici I
- vol. VII - Libri profetici II

Nuovo Testamento
- vol. VIII - Vangeli
- vol. IX - Atti degli Apostoli e Lettere di san Paolo
- vol. X - Altre Lettere e Apocalisse

AA. VV., Fiabe romantiche tedesche

Andersen, Fiabe

Hawthorne, La lettera scarlatta

Verlaine, Les hommes d'aujourd'hui

Tolstòj, Lucerna e altri racconti

Abba, Da Quarto al Volturno

Balzac, Béatrix

AA. VV., La saga degli uomini delle Orcadi

Pascoli, Poesie vol. I

AA. VV., Manas

Gaskell, Mary Barton

Gogol', Le anime morte

Vélez de Guevara, Il diavolo zoppo

Rodenbach, Bruges la morta

Dostoevskij, Saggi

Brentano, Fiabe

AA. VV., La saga di Egill

26548
1998

Questo volume è stato ristampato
presso Arnoldo Mondadori Editore S.p.A.
Stabilimento Nuova Stampa Mondadori - Cles (TN)
Stampato in Italia - Printed in Italy